富士日記の人びと

武田百合子を探して

校條剛

Menjo Tsuyoshi

河出書房新社

富士日記の人びと　武田百合子を探して　＊　目次

第三章　その後のメインキャストたち

第四章　富士山麓で暮らす

第五章　時代は変わる

第七章　夫亡き後

富士日記の人びと

武田百合子を探して

はじめに

武田百合子『富士日記』のファンは多い。旅の友として必ず持参する、枕元に置いて、寝しなに開いたページを読むなどといったディープな読者が存在する。武田山荘のあった場所を探して富士山麓までやってくる人たちもいるようだ。

そういう方々とは違って、私が文庫三冊分のこの本を読んだのには、別の理由があった。次のような事情がなければ私は生涯ついに武田百合子の読者にはならなかったかもしれない。

実は『富士日記』の舞台である武田山荘のあった場所、山梨県南都留郡鳴沢村の富士桜高原別荘地に偶然、私も近年セカンドハウスを所有することになったのだ。といっても、小さな中古住宅である。武田山荘に百合子さんたちが、賑《にぎ》やかに暮らしていた時代からほとんど半世紀あとであり、山荘の建物が取り壊された年から、六年後のことになる。セカンドハウスと述べたのは、年間四カ月ほどはそこで暮らしているので、一般的な意味での別荘とは区別して考えているからだが、それはともかく、『富士日記』のあの人間臭いドラマがたった二キロ先の樹林帯のなかで展開されていたと知ったときに、私の胸のなかに生まれたのは過ぎ去ってしまった時間を懐かしむ強い哀惜感だった。と同時に、あの生き生きとした幸福な時間をもう一度蘇らせることが出来ないかなという痛切な願いも胸中に湧いてくるのだった。

武田泰淳《たいじゅん》・百合子・花一家の富士山麓の別荘暮らしは、一九六三（昭和三十八）年の暮れから始まった。標高千メートルを超える土地の冬の気候を知らなかった彼らは、室内でも「ふきんをしぼって食卓をふくと、そのまま凍りつく」ほどの厳しい環境を初めて知ることになる。

それでも、山の暮らしがほとんど生きがいにまでなった夫妻は、翌一九六四年の晩春から東京・赤坂と富士桜高原別荘地を往復する生活を選択する。

『富士日記』は作家武田泰淳のほとんど強制的な勧めで妻百合子が書き始めたもので、百合子が書き始めた日付は一九六四年の七月十八日からになる。武田夫妻の別荘暮らしが終わりを告げるのは、一九七六（昭和五十一）年九月のことで、その九日の日付の日記が『富士日記』の終わりを告げている。その一月後に、泰淳は胃癌・肝臓癌のため急逝する。夫妻の山暮らしは、十三年間でしかなかった。

武田泰淳は、文学史的にいうと「第一次戦後派」と呼ばれる一群に属する。妻の百合子も親しかった梅崎春生、埴谷《はにや》雄高《ゆたか》、椎名麟三《りんぞう》などと一緒に並べられる、太平洋戦争敗戦直後から登場した作家たちの一人である。泰淳は、妻の百合子が眠っている夜間に起きだして、小説を執筆するのが習慣だった。執筆は一人きりの孤独な作業である。従って、百合子の日記では夕食が終わると、すぐに夫は寝室に消えていく。夜じゅう起きているので、早朝にまた百合子と合流する。日中は庭いじりをしたり、缶ビールを片手に持っているか、百合子運転の乗用車の助手席に座っている姿がほとんどである。日記では百合子だけが、せかせかと働いて山荘の仕事を一手に引き受けているように見えるが、泰淳のほうも苦吟しつつ執筆に精を出していた。原稿料を得る仕事をしていたのである。百合子はその点をよくわかっているから、「ただ飯を食わせてもらっている」と感謝し、自分が家事や運転や交渉事など一切を受け持つのは当然と考えている。この義務感たるや、ときには動かない脚をタオルで縛ってでも、クラッチを操作するほどの全的な奉仕と評してもいい。

『富士日記』を再読すると、この書物が再読、三読に堪《た》える作品であることがよくわかる。初読のときには、うるさくも感じられた毎日の献立さえ、二度目には意味あるものとして見えてくる。一つ引用すると、たとえば一九六六（昭和四十一）年六月九日——

朝　ごはん、味噌汁（キャベツ、卵）、牛肉、でんぶ、うに。
ひる　お好み焼、スープ。
夕　ごはん、塩鮭、キャベツバター炒め、茄子とかき玉のおつゆ。
お汁粉を作って食べた。

一見、情緒とは無縁の「もの」の記述に過ぎないが、いや、そのように見えるのだが、嚙《か》みしめて読むと、これらの言葉には、百合子さんの「食べることへの強い興味」が裏打ちされていることに気がつくのだ。

もちろん、日記の魅力は、河口湖町の「石屋」の外川さんや、「スタンド」のおじさんとノブさん抜きには語れない。どの国、どの町にもこうした味のある人物はいるもので、百合子さんは彼らの話に耳を傾け、ほとんどホラと思える噂話も丁寧に記録している。彼らの親切心、剽軽《ひょうきん》さ、人柄の優しさやプライドを写し取っている。

地元の人たちだけではない。近所に越してきた作家仲間の大岡昇平夫妻も重要な登場人物だし、入れ替わり立ち替わりに現われる出版社の編集者たちの言動も面白い。

人間だけではない。日記の前半は犬のポコ、後半は猫のタマ、山荘を頻繁に訪れるリスや小鳥たちも常連の登場者である。

日々は過ぎ、時間は休むことなく歩み進んでしまう。後戻りすることはない。かつての家族の賑わいや人々との交流、あるいは生活の隅々での喜びや悲しみや、美味《おい》しいものを食べたときの満足感、木々の間を渡ってくる風と木の葉を透かして降り注ぐ光と透明な空気、「何ていいところなんだろう」と百合子さんを感動させたそのときの気持ち、つまり五十年前の人間の生きた体温は永遠に取り戻せない。

〈ただ過ぎに過ぎゆくもの、帆かけたる舟、人のよわい、春、夏、秋、冬――清少納言はそう言ったと、むかし習ったのだ。〉（一九七二年五月十七日）

しかし、『富士日記』のページを開くと、あのころの百合子さんや外川さん、スタンドのおじさん、ノブさんの姿が再び生きているように現われる。

過ぎ去った時間は逆戻し出来るのである。紙の上どころかデジタル液晶の文字面でも、あの時間のあの空気を繰り返し味わうことが出来るのだ。失われた時が蘇るのである。これが、文芸の魔力であり、人間に許された唯一の時間遡行方法である。不思議なことに、事物と人物の形象を物理的に残す映像的なコンテンツにおいては、実は「過去」が鮮明に意識されてしまう。文字という記号の組み合わせが醸し出す「リアリティ」こそが時を超えて「今、そこにあるもの」として認識されるのだ。

私は二〇一三年秋に富士桜高原別荘地の中古住宅を手に入れたのだが、翌二〇一四年春から京都の芸大で教鞭《きょうべん》をとることになり、一年間は東京・京都を毎週往復していたので、ときたま富士の家に向かう余裕があった。しかし、その翌年から京都に単身住むことになってしまった。五月と八月の短い休みだけしか高原の空気を吸うことが出来なくなったのである。

従って、富士の生活が本格化したのは、大学退職後の二〇一九年春からである。もっとも、富士との縁はずっと古くからあった。三十年以上前の一九八九年から始まっている。今の家と同じく住所は南都留郡鳴沢村であるが青木ヶ原樹海に近い字《あざ》ジラゴンノの溶岩地帯に造成された小さな別荘地に当時流行のログハウスを建てたことがあった。その家は諸々の事情で六年ほど所有しただけで手放してしまったが、鳴沢村、富士河口湖町、富士吉田市はかねてより馴染《なじ》みのある一帯であった。

現在、本拠地は東京の多摩東南部の日野市にあるが、いまや富士山麓のハウスメーカーの軽量鉄骨住宅が冬場以外、通算して年間四、五カ月暮らす自宅であるので、私にとってどちらがセカンドハウスであるかわからなくなっている。実際の富士山麓の自然と生活を知らない多くの『富士日記』の読者の皆さんより多少、『富士日記』について語る資格があるのではと考えるのは、実はその点である。もちろん、私がかつて文芸編集者であったことを考えると、強みはもう一点増えるだろう。そういうわけで、本書は『富士日記』に添いながらも、私自身が見聞きし、体験している現在の富士の風土と人々と生活についても語る一冊になることだろう。

かつては、「二流の観光地」であった富士山と富士五湖周辺の町々も二〇一三年の富士山世界文化遺産登録に与《あずか》って、一流観光地への意識が高まった。巨大噴火が近いという警告もものかは、大規模なショッピングモールや観光ホテル、レストランやチェーン飲食店などが続々と誕生し、富士河口湖町には一般住宅も増えている。東京の大手芸能プロダクションが、メインのオフィスをこの地に移したというニュースも耳に新しい。小さいころ遠足で来ただけという首都圏在住の方々もこの土地の変貌振りに驚かれるかもしれない。

ただ外国人旅行客数も飛躍的に伸びて、新しいホテルも開業しかけていた時期に、新型コロナウィルスのパンデミックが直撃し、伸びようとしていた勢いがすっかり萎《しぼ》んでしまった。一度どん底に落とされた分、コロナ以後の富士五湖地域はこれまで以上に力ある観光地として育っていくに違いない。

そのようなマクロな話題のみではなく、私個人の山の生活に関しても語ることはたくさんある。別荘地に暮らしているといっても、アメリカ製の薪ストーブを有効に使うために、滞在中はチェーンソーで丸太を切り、大中二つの斧《おの》を振るって薪作りをする日々である。夏場でもストーブを焚《た》くことがある標高千二百メートルの山の生活は語るべき話題には事欠かない。

山の別荘は夏場に利用するところだと思っている人が多いだろうが、空気の澄んだ秋の高原の素晴らしさは筆舌に尽くしがたい。そういうとき、「何ていいところなんだろう」という百合子さんの声が再び聞えてくるのだ。

第一章　武田山荘を探して

鳴沢村のこと

〈山梨県南都留郡鳴沢村アザ富士山。こんな番地もない土地を、特に好きでえらんだわけではない。と言うことは、富士山にしろ日本アルプスにしろ、高山や名山に対するあこがれなどありもしなかったからだ。〉（『富士日記』〔新版、以下同〕上巻Ｐ431「山麓のお正月」武田泰淳　中公文庫）

史上最長の総理大臣在任記録を作った故安倍晋三の別荘が山梨県南都留郡鳴沢村にあることは、在任当時の報道でご存じの方も多いだろう。この別荘に本人がお出でになるのは、ほぼ夏の期間中と決まっていて、滞在中は毎日ゴルフに出掛けていたようだ。富士の山麓には、五つだか、六つだかのゴルフ場があり、元首相は、公平を期すために選《え》り好みせず、順繰りに回ったということだ。

元首相の別荘の場所は、滞在中に山梨県警の警察官の警備と新聞・テレビの記者たちの姿によってすぐに判明した。私の家からは徒歩二十分、食後のウォークの折り返し地点が安倍邸のあたりになる。

武田山荘が存在した富士桜高原別荘地は、そもそも富士観光開発（株）（富士急行〈株〉とは無関係）というデヴェロッパーが南都留郡鳴沢村に富士レイクサイドカントリー倶楽部《くらぶ》を造り、その余禄として開発したもので、最初の分譲は百合子さんたちが入村する一九六四年より二年ほど前である。

百合子さんは一人でこの別荘地を見に来て、第2次分譲の土地を契約したのだという。ほぼ最初期の契約者だと述べているので、第二次募集は始まったばかりだったのだろう。おそらく、当時は樹木の多くは伐《き》り倒されて、ブルドーザーやパワーショベルなどの重機が入り、見通しのいい景観の土地だったと思われる。武田家の門前の道路から河口湖が見えたのは、今言ったように、開発当時の別荘地はまだ樹木が生えそろっていなかったからに違いない。現在は、背の高い樹林帯に阻まれて、別荘地から河口湖を見はるかすことは難しい。

我々住民が実際に買い物や食事、観光に出向くのは富士河口湖町であり、富士吉田市であるので、鳴沢村には税金を支払っているだけの関係といって差し支《つか》えないだろう。

鳴沢村が市町村合併ブームのときに、富士河口湖町と合併しなかったのは不思議だが、役場の人によれば、そのときは「村にお金が余っていたから」だという。

そもそも鳴沢村とはいったいどういう存在なのかを説明しておこう。

富士山は、静岡県と山梨県の二県にまたがっていて、北側の北富士と呼ばれる山体のほぼ半分は、富士吉田市、富士河口湖町、鳴沢村の三行政区域である。さらに山頂までの行政区域を持つのは、富士吉田市と鳴沢村の二市村だというが、領域の一番広いのが鳴沢村である。つまり、富士山の北側の所有者としてもっとも広大な領地を持っているわけだ。

「鳴沢」という名前の由来は、諸説あって、これと決まっているわけではないが、古説では富士の噴火によって、沢のような形状のこの土地に音が反響するので、「鳴る沢」という名前が付いたのだと。

万葉集にも名前が出てくると「鳴沢村史」にはある。


さぬらくは玉の緒ばかりこふらくば布自《ふじ》の高根の奈流佐波《なるさわ》のごと

この歌の意味を調べると、「さぬ」は「さ寝」であり、「玉の緒」は短いことの譬《たと》え、「こふ」は「恋う」であるとのこと。

短い時間しか眠れなかったのは、恋しい気持ちが、富士の高嶺《たかね》の、ナルサワのように鳴り響いているからだ、と。

ここで言う「奈流佐波」は、現在の富士山の西斜面にある大規模な崩落地である「大沢崩れ」と考えられているとのことだが、大沢崩れは千二、三百年まえから起こっていたのだろうか。しかし、「田子の浦ゆ」同様、やはり駿河《するが》側から詠んだ歌なのに違いない。現在の鳴沢村とは位置が違うので、「村史」の説明は強引かもしれない。

沢の音が響くことは、全国至る所に見られるので、鳴沢という地名は珍しくないのではあるまいかと思いきや、ネットで検索しても出てくるのは、山梨の鳴沢村くらいである。

誰も『富士日記』を知らない

〈山小屋の名前は、寸心亭、寸心庵、百合花亭、百花荘などと、そのときどきで自分たちだけで勝手によんでいて、表札や管理所の名札は武田山荘としていた。〉（『富士日記』上巻Ｐ９〜10）

武田泰淳百合子夫妻については、泰淳はともかく、百合子は百合子さんと呼ぶことにしたい。また、そのシーンとか人物に応じて、「さん」づけになることもある。例えば、石屋の外川さんは、やはり「外川」ではおかしい。あくまでも、「外川さん」なのである。

別荘地の管理事務所（百合子さんは「管理所」と書いているが、現在はこの表記である。百合子さんの時代と現代と使い分けようと思う）、別荘地の住人、鳴沢村役場、富士河口湖町役場の人たち、地元で出会う人たちはほとんど『富士日記』のことを知らない。たまに、「ああ、この別荘地のようですね」と、そのことだけは知っている住人と出会ったことはある。

私は、とりあえず、「寸心亭」あるいは「百合花亭」、また「不二小大居百花庵」こと武田山荘の場所を特定しようと考えた。新型コロナウィルスの最盛期で、緊急事態宣言が発令され、県をまたぐ移動は控えてほしいと要望されていた時期である。しかし、私は県をまたいで、フジザクラに来ていた。なぜなら、富士の家も自宅であるからだ。だが、そういう状況下では土地の方々と多く接触するわけにはいかず、一人で別荘地のなかを探索するしかなかった。管理事務所の女性は「一番古い開発は、第3次分譲地です」と断言したので、すっかりそれを信じていた。ちなみに二〇二二年時では第15次まで別荘地は広がっている。

第3次は私の家がある区域であるから、近所を歩き回れば、武田山荘の跡地は見つかるのではないかと軽く考えていた。武田山荘の特徴は、道路からかなり下がった窪地に建物があったことだ。クルマを降りてから、丸太で土留めした階段道を降りて建物に辿《たど》り着くという立地であったことだ。その形状はある程度、写真にも残されている。だから、買い物やドライブで出掛けるときに、泰淳は役に立たないので、百合子さんは幾度も登ったり下りたり、たいへんな労働を強いられていたわけだ。それを一向に苦労と考えなかったようで、『富士日記』のなかで、嘆いたり怒ったりする言葉は書かれていない。「エライ！」と声を掛けたくなるが、そもそも百合子さんが、勝手に気に入って選んだ土地だというので、文句は言えないのかなとも思える。
だが、第3次のなかをいくら歩いてみても、駐車場が敷地より高いところにあったと思《おぼ》しき土地は見当たらなかった。私は血糖値を下げるためもあって、昼食後必ず別荘地内を小一時間歩き回るのだが、武田山荘のような地形の場所はなんとしても見つからなかった。

翌年になって、管理事務所の古株W氏より、耳寄りの情報を得た。別荘地は第1次より順番に分譲されていること、また「借地権」別荘は第2次だけであること。「日記」には、借地権という言葉はなかったが、管理所で「地代を払う」と述べているのは、借地権の土地という意味だったのだとやっと気が付いた。「固定資産税」と「村民税」を鳴沢村役場に支払いに行っているが、固定資産税は、建物分だけだったわけである。「二〇〇七年に借地権を返上した」と相続者の武田花がエッセイで述べていることから、第２次で間違いはない。さっそく第２次を歩いたが、まだ区番を知らない状態では、特定は難しかった。

まずはクルマを運転して、第２次と思しきあたりをぐるっと回ってみた。境界線など目印となるものはないし、第３次のように、入口が一カ所で他の出入口は自動車が入れないようになっているわけでもない。借地権別荘地は一種、無防備別荘地なのだ。そして、この借地権地全体は初期の分譲地のなかでは比較的狭い。第１次や私の家がある第３次の半分以下の広さであるから、クルマだとあっという間に一周してしまう感じである。

借地権のせいか、所有権地よりも、道路の整備がおろそかな感じもある。アスファルト未舗装の、砂利と土の枝道があったり、北方向に下った村有林との境の道路は雨のときには、かなり難渋するぬかるみ道になるように思われた。第３次には、そのようなむき出しの道路はない。とはいえ、管理費が足りないのか、第３次の舗装道路も何十年も補修がされていないので、路面の状態ははなはだ悪い。

余談だが、この第２次には元首相竹下登の家もあったそうで（現在も残っているらしい）、その家の前の通りだけはしっかりと舗装されて、土地の人は「竹下通り」と呼んでいたとか。

クルマを止めて、歩き回ったことも何度かあった。道路から坂になって下っている場所に建っている別荘を見つけては、土地の形状を確かめてみるが、どの家もちゃんと駐車場が敷地内に作られている。武田山荘には駐車場なるものはなく、道路上に停めていたのだ。道路から傾斜のある坂を下っていったところに家を建てている。武田山荘跡地と思われる場所の特定は難航した。それでも、一カ所、ここかもしれないと思える場所に出会った。その土地は、道路際の植物の繁茂がもの凄く、傾斜して落ち込んでいるであろう土地の形状は想像するしかないほど視界が遮られていた。もしも道路の先に以前は建物があったと言われても素直にうなずけないほどである。たまたま、斜め向かいに小綺麗《こぎれい》な家があり、住人の男性がクルマに荷物を運び込んでいたので、向かいの土地に家があったかどうかを尋ねた。意外にも、まったく知らないという答えだった。埼玉から来ているという男性は、十六年間もこの土地に通っているというのにである。

　そうこうするうちに、泰淳の遺作となった『目まいのする散歩』（中公文庫）を読んだ。小説ともエッセイともつかない文章で、百合子夫人との若いころの生活がときおり回想される短篇集である。表題作「目まいのする散歩」で、本人らしき語り手が「一四一号の武田です」と名乗るところがあった。私は手を打ち鳴らす思いだった。区番一四一号は、事実そのままの可能性が大であった。私の手元には区番を記した地図がある。別荘の所有者だけに配布される別荘地の全体図である。そこで思い切って、花さんに手紙で尋ねたところ、「一四一号で間違いありません」とのこと。

　私は、心を弾ませて、第2次一四一号と思しきあたりに辿り着いた。思いがけない場所だった。私が推定していた道とは、一本筋が異なっていたのだ。その筋の目印はアカマツ通りと名付けられたメインの道路（県道）から分かれる何本かの筋の角に建つ、ほどほど大きな二階家「Ｘハウス（仮名）」である。それよりも、Ｘハウスの反対側の筋の入口の標識「ＨＡＶＥＲＯＣＫ」がいち早く目に付くかもしれない。「ＲＯＣＫ」は岩であるから、泰淳が座禅を組んだという岩も「ここだ！」と私は心のなかで叫んでいた。

一四一号が面している道路は未舗装だった。土の上に小石がまぶされている砂利道である。そういう形状なので、百合子さんのクルマが踏みつけた地面そのままに残っているような気がしてしまう。一四一号と思わしき地点と道路を挟んで向かい合っている（といってもこちらも道路から長い傾斜道を降りる）東側に広大な敷地を有する家があった。高級外国車が二、三台置かれているし、緩やかな傾斜地に広がる庭には芝が綺麗に植え付けられている。別荘ではなく、明らかに暮らしている家だ。地元の資産家に違いなかった。訪《おと》ないを入れ、道路の向こうにかつて山荘が建っていたこと、『富士日記』という有名な本の舞台になった土地であることをご存じかと期待感を懐《いだ》いて尋ねた。だが、中年のご夫婦は「ノー」と首を振った。この土地の広大さから考えると以前、東芝の寮が建っていた場所かもしれないが、そのことに関してもまったく知らないという返事であった。東芝の寮というのは、どこで得た情報だったろうか。管理事務所のＷさんは首を傾《かし》げていたし、後日「スタンド」のたつ江さんに聞いても知らなかったが、花さんは「確かにありました」と手紙で教えてくれた。随分経ってから、百合子さんのエッセイのなかで「運送会社の寮」と書いてあるのを見つけた。一九七四年に「東芝物流」という会社が創業しているので、ひょっとすると、その会社のことかもしれない。

みんな『富士日記』のことを知らないのである。自分の立っている土地の履歴などに興味もないのだった。私が会った地元の人たちは、管理事務所の方々も含めて、誰も知らない。

もっとも『富士日記』を読んでいない地元の人たちが知らないのは当然であろう。かつての武田山荘の入口あたりは草と樹木の圧倒的な進出で、まったくの原野と化していたからである。山荘まえの道路を通行する人の誰が、手入れのされていない原野のなかに一夫婦の楽園があったなどと想像するだろうか。

ある程度知っているのは、『富士日記』を読んでいる、東京から来ている人たちである。後述するが、武田山荘跡を確認してから、区画番号一六号の大岡山荘を探したとき、二軒隣の横澤さんの奥方が、大岡の妻春江とも交際のあった方で、その場所を指し示し、大岡昇平亡きあとの山荘についても教えてくれた。

とにかく武田山荘の存在した場所のアタリは付いたわけである。次は、この傾斜地の草が枯れる冬場に、一応の装備で身を固めて、踏み込んでいくだけだと、大いに気勢が上がるのだった。

山荘跡地に立つ

〈これをきっかけに、山荘を手放すことにした。老猫もあまり庭で遊ばなくなっていたから。家を壊し、借地を返した。

犬のポコを埋めた場所に、母が木を植えた。その枝を一本切ってきて、両親の位牌《いはい》、猫たちの骨壺と並べて置いてある。〉（『富士日記』下巻Ｐ438「山荘のこと」武田花）

別荘を継承するのは難しい。百合子さんが健在のときは、武田泰淳記念館のように、そのままで保管したほうがいいと、友人の矢牧一宏に忠告を受けたと、『日日雑記』（中公文庫）のなかで書かれていた。

第２次別荘地は借地権地なので、別荘をまったく使わずに閉めておいても、借地権料、別荘地管理費、鳴沢村村民税、固定資産税（建物）などを毎年支払わなければならない。その他、電気代、プロパンガス代も基本料金の請求がくるだろう。この別荘地では水道代は毎年定額で、管理費のなかに組み込まれている。

泰淳亡き後百合子さんは何年か基本一人で山荘に来ていた。娘の花やその結婚相手も一緒のこともあったが、百合子さんが亡くなり、花も独り身になると、山荘はだんだんと気持ちの上でも重荷になってくる。やはり、一人でずっと暮らす場所ではないのだ。だから、山荘を手放し、建物を取り壊すことは仕方がないことだ。

武田山荘探しの苦労談に戻ろう。別荘地では、区画の正式な境界を示す標石が、示されていないことが多い。また標石が打ち込まれていても、泥と木の葉で覆いつくされてしまって、見えなくなっていることがほとんどである。

別荘地の地図にディバイダーを当てて、我が家の地図の寸法と実際のメートル数を対比して、地図の一ミリの実寸を割り出してみた。そして、武田山荘の敷地が道路入口の曲がり角から何メートルのところにあったのかを計算した。そして、我が家の一番長いメジャーを持って、現地に赴いたのである。

メジャーを何度か最大値まで伸ばして、地図上で想定した位置まで引っ張ってみた。すると、角地に建つ「Xハウス」という建物の敷地内に武田山荘の端がひっかかってしまった。ということは、Xハウスが地番一四一まで借りているということになる。可能性としては考えられるが、Xハウスの縁は緩やかな断崖になっていて、そこまでが地番一四〇と考えるほうが正しいのではないだろうか。Xハウスは一三八、一三九、一四〇の三地区を借りていると考えるほうが合理的で、やはり、測量技師ではないと正確な境界線は測定出来ないのだ。

しかし、自己流の測量が役に立ったのは、Xハウスの北側の崖の下に窪地があって、そこに石垣で土留めを施した平地がつつましく広がっていることを発見出来たからである。

二〇二一年暮れ、私は作業用ヤッケを着、長靴を履いて、その窪地に踏み込むため、傾斜のある土地を下った。ほどほどの急坂を下り、「ここだ」と思える平地に立った。凍えるような風が南側の富士山から吹き降ろしていて、感慨にふける余裕など与えられない午後だったが、私が下ってきた道はかつて武田夫妻や外川さんが、上り下りしていた木の階段のある道だったかもしれない。いま立っている場所は百合子さんが『富士日記』で描いた舞台そのものかもしれなかったのだ。

まだ確信が持てなかった私は、花さんにその窪地の写真とともに問い合わせの手紙を送った。花さんによれば、隣地（多分南側、つまり富士山側）との境までは数メートルしかなかったとのことで、条件的にはぴったり合うのである。

武田山荘背後の石垣が残っていた。コンクリートで固められている。

また、先に「土留めの石垣」について述べたが、その石垣については、後に証拠固めが出来た。『あの頃 単行本未収録エッセイ集』（中央公論新社）のなかの「櫻《さくら》の記」という文章中に、管理所から、ある連絡があったことが記されていた。「建物の裏の石垣が、春になって地盤が緩み、崩れ落ちた。ついては、修理工事の石積みのときにコンクリートで固める」と。確かに、この石垣はコンクリートで固められている。借地権の土地だが、次にこの地所に家を建てる人がいれば、この石垣は必要なものだろうと、これだけは残しておいたものに違いない。この窪地こそ、武田山荘の跡地だろう。ほとんど、この場所で間違いはない。

ずっと消えない疑問点が一つ。それは、この山荘に降りる入《はい》り口のことである。上の道路の私が降りてきた入り口には、現在細い鎖が渡されている。しかし、そこから数メートル北に歩くと二つの石造りの門が片一方は往時の面影をとどめているものの、片一方はしぶといツル植物に巻き付かれて、石門だかどうか分からない外観に変わってしまっている。

そこはいかにも武田山荘の石門で、それこそ石屋の外川さんが造った門のように思えるのだが、写真を送って鑑定してもらった花さんによるともう取り壊してあるはずだという。とすると、その石を積み重ねた一対の門は北側のT邸の入り口だったのだろうか。『富士日記』のなかで、大きな岩を見た大岡昇平が「門の前にクルマをとまらせないようにしているんだな」と大声で言ったので、百合子さんが、お隣りに聞えては困ると、はらはらするシーンが描かれていたが、その大石なのだろうか。

石門のミステリーは残るが、武田山荘が存在した地面について、もう「ここだ」と私は決めることにした。細い鎖を外して、降りていくと、その下り坂はまさに『富士日記』に何度も出てくる建物までの通路としか思えないのである。

その後も、何度か武田山荘のあった「夢の跡」を私は訪れて、目の奥に焼き付けておこうと決心した。いまもう何も縁のものが残されていないとしても、今後富士山の噴火でもあれば、この地形さえも火山灰の下に埋まり、様相が一変してしまうかもしれない。いまは、まだ目に焼き付けられる余地があるが、ポコの墓もいまよりずっと深い地層に覆われてしまうかもしれないのだ。

それから、春が来て、また山荘跡に踏み込んだ。道路からすぐの入り口付近はスズタケがはびこっている。外川さんが「この土地では貴重だ」とほめたので、刈らないでおいたスズタケだろう。私は持参した草刈り鎌で通行がしやすいように刈り進んだ。

スズタケは、北側の隣地のほうが勢いよく茂っているのだが、これはそもそもT家が植えて、それが武田山荘まで入り込んできたのだという百合子さんの記述とぴったり合う。

武田山荘跡の平地を囲む樹々たちも、ほとんどアカマツに変わっている。百合子さんが花を咲かせた梅の木を探したが残念ながら見つからない。

ポコを埋めたあとに植えられた樹も残っているのだろうか、それも分からない。この別荘地は標高が高いので、ほとんどの樹木は針葉樹であり、しかし、スギは少なくマツ、それもカラマツではなくほとんどアカマツである。もう一度、樹々の種類を点検してみるが、アカマツとミズキ以外は目につかない。やはり梅は枯れてしまったのだろう。

この土地に立っていると、ここを百合子さんが選んだ理由も見えてくる。山崩れの心配はあるものの、沢に降りる窪地には違いないが、何よりも強い風が吹いても身を隠していられるような形状なのである。

　南方向、富士山側は崖のように立ち塞がっていて、なんだか守られているような気持ちになる。西側の土地は落ち込んでいるが、さらに下には現在山荘が建っている。武田山荘は実に微妙な立地条件の土地なのだった。沢の途中に奇跡的に出来た平地というわけだ。

　百合子さんが亡くなった翌年（一九九四年）、泰淳『富士』、百合子『富士日記』の担当編集者であった村松友視《ともみ》は『百合子さんは何色』を発表する。赤坂のマンションだけではなく、富士の山荘にも何度か通った人である。村松はこのエッセイを書くに当たって、武田花の導きで、久しぶりに山荘を訪ねるのである。

〈木のテーブル、椅子、壁掛けの機織《はた》り、南国風の仮面、中国の影絵細工、二段ベッド、壁にかかったギター、ソファ、絨毯《じゅうたん》、電蓄、トースター、棚におさめられた六〇年代ポップスとクラシックのレコード、武田泰淳氏が切り花さんが貼ったというステンド・グラス、歌舞伎における〝二階の一間〟といった感じに見える障子……すべてが、かつてと同じ風景をつくっていた。〉

（『百合子さんは何色』Ｐ109　ちくま文庫）

　夫妻の思い出につながる、そうした一切はもうこの場所にはない。残されたのは、土留めの側壁だけで、かつて山荘が聳《そび》えていた場所は小さく、平たく拡がってはいるが、雑草が暴力的に生い茂る山野に過ぎないのである。

　芭蕉の一句、「夏草や兵《つわもの》どもが夢の跡」のような古戦場の跡ではないものの、ここにも一種の

武田山荘の入り口。細い鎖が左右に張られている。

諸行無常を感じざるを得ない。

武田夫妻が気に入っていたという散歩道も見当がついた。家の上の道路を北側に下っていくと、左右に延びる平坦な道がある。現在でも、一部舗装という未舗装道路で、かつては赤い溶岩が敷き詰められていたという。それは、あとで述べるドキュメント番組「1億人の富士山」（ＹＢＳ山梨放送）のなかで、スタンドのノブさんが証言していた。

富士山に向かう方向にも、泰淳が『目まいのする散歩』でも触れている石山跡がある。山荘上の道路をまっすぐ南方向、富士を目指して歩くと、クルマの通行の多いアカマツ通りに出る。先ほども述べたように、「ＨＡＶＥＲＯＣＫ」の標識が立っている。その指示通りに、傾斜のきつい砂利道を登っていくと、右側に現在は砂利置場に変わっている平地がある。その平地に入ると、南方向に岩盤が積み重なっている低めの崖が目に映る。この岩盤こそ、泰淳が散歩でたびたび訪れた石山であり、そのうちの岩の一つに乗り、富士山に背を向けて座禅を組んだという、まさにその場所なのだろう。

残念ながら、岩盤のある土地は現在個人所有となり、建物が出来ているので、敷地に入ることは不可であった。アカマツ通りまで戻り、左方に二百メートルほど歩けば、『富士日記』に何度も登場する管理所が小高い場所に建っている。現在、建物は残っているが、機能しているのは、道路際に設置されたゴミ収集所だけである。ここは、管理所から建設部に変わり、建設部が移ってからは、建物は使われていない。建物の裏手はほどほどの広さの平地になっていて、百合子さんがときどきもらっていた大根など野菜を栽培していた地面に違いあるまい。

旧管理所の斜めまえの筋を坂下に下れば、左側に大岡山荘があったわけである。大岡山荘から管理所は非常に近い。

モミの木は残っていた

〈ちょうどその時、一抱えもあるような大きなもみの木がひとつだけはっきりと黒く見えたんですね。それで「ここの回り。ここの回りに決めた」と言って帰ってきたんです。〉（『武田百合子対談集』Ｐ183　中央公論新社）

新事実が判明したのは、この『対談集』の言葉を読んでからである。赤坂の自宅マンションに別荘地の募集ビラが貼られたか、投げ込みのチラシでも入ったのだろう。百合子さんは一人で、現地に向かった。このころ、すでにクルマを持っていたのだ。その日は、霧と雨で周辺の様子も定かでないほど煙っていたのだが、モミの木だけがすっくとはっきり見えたという。連れてきてくれた開発業者に、「このモミの木の回り」に一軒建ててくれと注文したのだ。家は建て売りで「A、B、C」のどれかから選ぶということだったので、「一番簡単で丈夫そうなの」と、まことに適当である。業者があとで、ゆっくり土地を検分すると、駆け下りていくと止まらないくらいの沢だったから、他の土地にしたらと連絡が来た。しかし、泰淳は見てもいないのに、「そういうところがいい」と、「非常識人」の本領発揮である（泰淳の「非常識」については次章で述べる）。

とまれ山荘に出入りする人たちもこの木に眼をやった人は多くいたことだろう。そのうちの一人が深沢七郎だった。

〈深沢　（前略）それから武田先生の屋敷から、富士山がずっと見えて、裾野まで見えているでしょう。そうして武田先生の家の出口のところに木がありますね。
武田　モミの木……。
深沢　あれに富士山が裾野を引いて、実に絶景というのか……。（後略）〉（『武田百合子対談集』Ｐ51）

この引用で、モミの木のほかに「武田山荘から富士山がずっと見えて」いたということも重要な証言である。書斎からはともかく、門前からは富士山が見えていたのである。

この『対談集』でこの二カ所を見つけるまでは、山荘の建っていた場所の特定は、一応済ませたつもりだった。『富士日記』ほか百合子さんの著作はほとんど読んだはずであった。もう間違いはないという確信はあったが、さらに決定的な証拠が欲しいとは、実は内心思っていた。そんなとき、深沢七郎との対談を読んでみたくなり、図書館に『武田百合子対談集』という一冊があることを知り、借り出してみた。この本には、岸田今日子が聞き役になって、別荘を持った経緯などを語っているインタビューも収録されていた。深沢との対談と、岸田からのインタビューで一つの重要な証言がなされていることに気がついた。決定的な事実が述べられていたのだ。『富士日記』や他のエッセイにも書かれておらず、花さんも教えてくれなかったことである。要するに、山荘の場所を一目で特定出来るモノがあるというわけだ。すぐに現地に赴いて、確かめる必

武田山荘の入り口近くに聳えるモミの大木。モミであることは頭上の葉叢を仰がないと分からない。

要があった。

この時点で（十二月中旬）、本稿の締切期日は目の前に迫っている。しかし、富士の私の家は冬仕舞いで閉めており、次に行くのは春先を予定していた。私のクルマはノーマルタイヤで、冬用のスタッドレスを履いていない。以前持っていたクルマで、スタッドレスやそれ用のホイールも所持していたが、ほとんど使用せずに捨ててしまったことがあり、もう場所取りの交換タイヤは買うまいと決めていた。大雪が北陸地方を襲っているとき、富士のほうではほとんど降雪の情報はないものの、管理事務所に尋ねると、凍結して危険な道路もあるとのこと。

だが、クリスマスの日曜日は暖かく、山梨県にも降雪の予報はなかった。私は富士の気候は三十年まえから経験してきている。道路の状態も、中央道さえなんの支障もなく通行出来れば一般道に降りても大丈夫なことは過去の経験から予測がついた。

別荘地内の道路は、一日中日陰の窪地になっている道路でやや凍結気味の場所があったが、ラジアルタイヤでまったくOKだった。まっすぐに、第2次分譲地の一四一号のところまで赴いた。探すまでもなく、そこにそれは頭上高く伸びて立っていた。

モミの木である。樹齢は百年をとっくに超えているのではなかろうか。このモミの木が、百合子さんが初めてこの土地を見に来たときに、最初に眼に入り、購入のきっかけになったモニュメントなのだった。百合子さんが、初めてモミの木を見たのが、一九六二（昭和三十七）年だとしたら、二〇二二年暮れの私の目撃は六十年後の光景ということになる。半世紀以上の歳月が経っていても、モミの木は残っていたのだ。モミの木とクリスマスは切り離せない。私にとって、子供時代以来のクリスマスプレゼントだったと言っていいだろう。

何度もこの土地に立ちながら一度も、この道路際の目立つ場所にそびえ立つモミの木に気がつかなかった。一つには、モミの特徴である尖った葉叢《はむら》が下のほうに生えておらず、空を仰ぎ見るように高みに視線をやらないと見えないことが理由の一つであった。背中をうんと反らさなければならないほどの高木に育っているから、地面だけ探索していた私は空を見ていなかったのだ。また、モミの周囲には雑木雑草が生い繁り、モミの存在を隠していることももう一つの理由になるだろう。モミは、この土地では珍しいほうの樹木である。私の家にはもちろんないし、周辺の土地でも気がついたことがなかった。

それにしてもである。『富士日記』のほうで、ひと言「出入口のモミの木」と書き加えてくれていれば、私の苦労はかなり軽減されたはずだ。ちょっと百合子さんに恨み言も言いたくなる。

しかし、こうして武田山荘の位置は確定したのである。

＊第2次分譲地一四一号への立ち入りは、管理事務所の特別の許可を得ている。この土地は富士観光開発（株）の管理地である。

第二章　編集者と作家と

山荘への来訪者

〈竹内さんは長椅子から、あちこちを眺めまわし「おい、武田。来い来いというから、どんなところかと思って来たが、なんだ、普通のところじゃないか。ここは普通のところだぞ。普通だぞ」と主人に言った。〉（『富士日記』上巻P81）

竹内は中国文学者の竹内好《よしみ》のことで、泰淳の大学時代からの親友である。泰淳の交友関係から一番の友人を挙げろと言われれば、この人と指をさせる親友である。泰淳が亡くなって、東京の青山斎場で葬儀が執り行われたときの葬儀委員長は竹内だった。

百合子さんが泰淳亡き後に刊行した『犬が星見た』（〔旧版、以下同〕中公文庫）のロシア旅行で武田夫妻はこの人を誘い、三人で出かけたことでも、その結びつきがいかに強いかが分かるだろう。竹内が「普通だぞ」と強調しているのは、泰淳は非常識な奴という認識を持っていたのに、ごく普通の山荘だったので驚いたのだろうか。

現在の中公文庫で三分冊されている百合子さんの『富士日記』。このなかに登場する人々は、梅崎春生のような亡くなってしまった人を含めて、どの人も忘れがたい顔を残していく。新聞の訃報の顔写真を見た百合子さんは〈その写真は、助けてくれえ、というような、あの、いつもの梅崎さんの顔をしている。〉と見事に特徴を捉えたというか、思わず笑ってしまうような比喩表現をしている。

梅崎春生も文学碑が出来たとか、お墓詣《まい》りをするときのみフルネームが示される。百合子さんがギターを教えてもらったり、梅の苗木を送ってもらったり親しくしている、山梨出身の深沢七郎は、フルネームで書かれる回数が多い。しかし、登場人物のほとんどの人はフルネームが示されることがない。富士スバルライン始発地点にあるガソリンスタンドの主人など、「スタンドのおじさん」と書かれるだけで、姓名はついに不詳である。

別荘地の隣人だった大岡昇平夫妻は登場頻度が高いが、大岡昇平と表記されるのは一度くらいで、やはり大岡さんとだけ呼ばれていて、百合子さんが何度もその美人度に感嘆する奥さんは大岡夫人とだけ述べられていて、名前が分からないままだ。竹内好は、カッコして［好］と入れてある。

武田泰淳は、文学史上では第一次戦後派と呼ばれる。その仲間たちが、富士霊園での梅崎春生の墓参のあと武田山荘に集うこともあった。野間宏、椎名麟三、中村真一郎、堀田善衛《よしえ》の面々である。野間宏は百合子さんとダンスをし、椎名麟三は、「おれは河原の枯れすすきい」と繰り返し大声で歌ったとある。このなかで中村真一郎は名前だけ〔真一郎〕とカッコのなかにいれてあるが、それは評論家の中村光夫と区別するためだったろう。

何度か登場する椎名麟三は常に「椎名さん」だが、お墓を未亡人が探しに来て、百合子さんが同行した、そのときだけ「椎名〔麟三〕」とやはり名前を補っているのは、読者を意識したためであり、元の日記には書かれていないはずだ。下巻で印象的なのは庄司薫・中村紘子夫妻の夜の訪問である。庄司薫は深沢七郎と同じく中央公論新人賞の出身で、泰淳が選考委員だったのに違いない。夫妻で富士ビューホテルに泊まっていたときに、突然やってくるのだが、「庄司〔薫〕」と補っている。

頻繁にやってくる、東京の出版社の編集者たちも中央公論社の近藤さん、村松さん、塙《はなわ》さん、講談社の徳島さん、文藝春秋の高橋さん、河出書房の寺田さん、朝日新聞社の森田さんなど、すべて姓のみである。彼らよりも何年か遅れて文壇入りした私など、一度はこれらの先輩編集者たちの謦咳《けいがい》に接している。村松さんは、後の小説家村松友視であり、近藤さんは「海」を創刊し、のちに山関係の著作を発表することになる近藤信行であり、塙さんは癌で早世した塙嘉彦である。この塙さんだけは、お会いするチャンスに恵まれなかった。徳島さんは後年、講談社常務取締役を務めた徳島高義であり、文春の高橋さんは、文芸一筋の高橋一清、河出の寺田さんは「純文学の鬼」と評され、晩年は時代小説の蘊蓄《うんちく》を披露した寺田博のことである。朝日の森田さんは、多分、新宿の文壇バー「アンダンテ」で何度かご一緒した方だ。フルネームは知らなかったが、水本アキラの著作では森田正治と書かれている。

その他、毎日新聞、岩波書店、筑摩書房、新潮社などの編集者が山荘を訪れてきたり、電報や管理所を通して連絡を寄越したりと、当時の泰淳の売れっ子振りに驚いてしまう。

現在は、中央高速で東京都日野市の私の自宅から別荘地までは最短で九十分、事故や連休の混む時間にぶつかると四時間なんてことがあるのに、百合子さんの時代、初めのころは東名高速も中央高速も出来ていないので、国道２４６号を御殿場から籠坂峠、山中湖、富士吉田から鳴沢に登って来ることが多かったようだ。あるいは、甲州街道をひたすら走り、大月から都留を抜けて、富士吉田に向かうか二通りの行き方があったのだが、下の道は高速道路より最低一、二時間は余計に時間がかかった。そのドライブ振りについては、あとで語ることがあるだろうが、この章で述べておきたいのは、東京の出版社が電子メールどころか、ファックスもないような状況で電車を使い河口湖駅まで来て、そこからタクシーを使って、あるいは東京からタクシーあるいはハイヤーを雇って、直に山荘に到着して来ている。彼らが山荘に来ると、夫妻はただでは帰さず、酒と料理でもてなすので、度々、百合子さんは上の道路に駐車している運転手さんに食べ物、飲み物を差し入れている。つまり、編集者のほとんどは日帰りで、また東京まで折り返すのである。自動車代もさることながら、作家も編集者もそれだけの時間的な余裕があったわけだ。

作家は一度作家になると、一生作家でいられた時代でもあった。現代では毎日のように新人がデビューして、古手の作家は定期的にある程度売れる作品を刊行していないと切り捨てられてしまうが、泰淳の時代は一旦、文壇が作家として認めると、その看板が褪《あ》せることはまず考えられなかったのである。

出版各社との付き合いのなかで、中央公論社との付き合いは特別に深かった。なかでも、文芸雑誌「海」の創刊編集長近藤信行は、百合子さんと花を富士山頂まで連れて行ってくれたこともあり、私生活にまで入り込んだ付き合い方をしていた。また村松友視は、泰淳の大作『富士』の担当者であったばかりではなく、「海」で「富士日記」の連載が始まってからは百合子さんの担当者だったのだから、その交流は長く深い。泰淳亡きあとも百合子さんを酒席に誘うなど、接触を絶やさなかったようだ。

泰淳が、入院するときに百合子さんが電話して、男手を頼むのも、当然中央公論社にであり、塙と村松の二人が駆けつけた。

エンタメの流行作家ではなく、読者を限定するお固い純文学作家が、これほどもてた時代があったのである。講演やテレビ出演も多かったので、富士地付きの外川さんやスタンドのおじさんなども、泰淳が「エライ」先生だと知っていたのは、そうした露出の多さのせいもあったろう。中央高速の談合坂ＳＡで、百合子さんが「お金があるっていいねえ」と感に堪えたように呟くのは実感がこもっている。

深沢七郎

〈深沢さんは「ここは富士山の中ですか？　中じゃないでしょうねえ。やっぱり、中かな。裾野が下に見えるから。一合目かしら」とそのことばかり言っている。「なかでしょ。字富士山とい

う番地だから」と言うと、心配そうな、いやそうな面持をする。〉（『富士日記』上巻P109）

一九五六（昭和三十一）年、第一回中央公論新人賞の受賞作は、三人の選考委員に絶賛され、深沢の「楢山節考」が選ばれる。このときの選考委員は、伊藤整、三島由紀夫、そして武田泰淳だった。この選考委員のうち、もっとも深沢が親近感を懐き、個人的な付き合いに発展したのは泰淳だった。当然、百合子さんとも親しくなる。

三島由紀夫も「楢山節考」を高く評価したのだが、一方の深沢は三島作品を「少年文学」とまで言ってけなしている。自分の作品を受賞作に選んでくれても感謝していないのである。簡単に言えば、三島の人も文学も嫌いだったのだろう。人の好き嫌いの激しいタイプで後年になればなるほどそれが過度になっていく。

深沢は梅の苗木を送ってきたり、百合子さんにギターを教えたりと、武田家にはなにくれとなく尽くしている。百合子さんにとって、最も気の許せる友人だったといっていいだろう。

深沢は、あの禍々《まがまが》しい「風流夢《む》譚《たん》」事件で全国を逃げ回っていたときに、夜にお忍びで赤坂の武田夫妻のマンションを訪ねてきたこともあり、泰淳の通夜のときには、尿《し》瓶《びん》を抱えて埼玉の奥から駆けつけたというくらいだから（病気のため頻尿だったのだろう）、武田夫妻とはよほど気があったようだ。

どこで読んだのか、探し出せないのだが、百合子さんが深沢との対談から戻って、花に「深沢さんにやられちゃった」とこぼすエピソードがあった。要するに、一方的に深沢に主導権を取られ、言いたいことを発言出来なかったという意味なのだろう。

深沢との対談は二回行なわれているようで、『武田百合子対談集』に収録されているのだが、一回目は泰淳が亡くなってからすぐだったせいか、百合子さんを立てて、もっぱら聞き役になっている。

ところが、二回目の対談は深沢が晩年開いていた団子屋で、亡くなる六年前、一九八一年に行なわれている。ここでは、もう深沢の一方的な決めつけが勝っていて、百合子さんの意見など正面から否定されている。

深沢の短篇に「白鳥の死」というのがある。白鳥というのは、作家正宗白鳥のことで、白鳥は「楢山節考」を新聞紙上で激賞したので、その後深沢は白鳥のもとに何度も通って師事していた。そして、「先生」と必ず呼んでいたのが、白鳥が亡くなると同時に「もうモノになったのだから、先生などと敬称は付けず、白鳥と呼び捨てでいいのだ」と友人に述べる。拡大解釈すれば、泰淳が亡くなった直後は「先生」だったが、もうこの時点では泰淳の妻たる百合子さんにも遠慮する必要がなくなったのではなかろうか。

先ほど人の好き嫌いが激しくなったと述べたが、実は私自身が経験して知っていることなのだ。

一九八五年、私が編集部にいた月刊雑誌「小説新潮」の巻頭グラビアの撮影はかの篠山紀信だった。篠山がタレントではなく、作家をカラー写真で撮ることに意味があった。我々撮影隊は、埼玉の奥にある深沢のラブミー農場に向かった。現在は久喜市に合併されているが、当時は南埼玉郡菖蒲町。そこにさほどの広さはない農場を開いていたのだ。そのときの写真は『作家の仕事場』（新潮社）で見られるが、撮影に立ち会った私の眼には、深沢はすでに身体は衰えていて、明日訃報が出てもおかしくない半病人と映ったが、眼光はカミソリのように鋭く、「怖い」という印象。こちらの発言は控えめに、自然防御姿勢にならざるを得なかった。

この『作家の仕事場』には、その作家をよく知る人の短いエッセイページが添えられていて、私はある人を予定していたが、深沢は「ダメ」だという。直前にはお気に入りの一人だったはずが、「切られて」いたのだ。お出入り禁止は何人にも及んでいて、理由は不明ながら、突然絶交されるのだという。代役は深沢の指定で尾辻克彦になった。

深沢は映画関係者を毛嫌いしているようで、何度も「悪魔」という言葉を使った。悪魔がやってくると、激怒して追い返すのだと。

このころの深沢と百合子さんは交際がほとんどなかったのではなかろうか。しかし、一九八七年、深沢の死の報を富士の家で聞いた百合子さんは、すぐ山を下りて、最終バスで東京に戻り、翌日タクシーを使って、さんざん迷った末にお葬式の終わりかけに辿り着く。

百合子さんは、深沢の昔の発言を思い出す。マリリン・モンローが亡くなったときだから、一九六二年八月のことである。

〈ほかの女とはどこかちがった出来だった。でも綺麗な女は綺麗なうちに死んだ方がいいですねえ。ブリジット・バルドオなんかも婆あになるまで生きてられちゃがっかりだ。〉（『日日雑記』P146）

ブリジット・バルドーは、二〇二二年末の時点で満八十八歳。深沢には悪いが、全身皺《しわ》だらけの元気なお婆さんである。

帰りは、運送会社山荘の管理人Aさんが、クルマで河口湖駅前に待っていてくれた。Aさんは、『日日雑記』では主要な登場人物であり、この人の言動も面白いが地元の人ではない。

大岡昇平夫妻

〈大岡さんの土地は、右下方に河口湖をすっかり見晴らし南側に富士山の見える、いい土地であった。〉（『富士日記』上巻P178）

武田山荘と違い、眺望の良さが選択の条件だったのだろうか。樹木が年々高くなり、最初ははっきりと遠望出来た河口湖も富士山もだんだん見えなくなる。

私は最初『富士日記』を読んだ際に、「河口湖が別荘地から見える」という記述に驚いた。私の家の道路を挟んだ斜めまえは「富士レイクサイドカントリー倶楽部」というゴルフ場だが、なにがレイクサイド（湖の畔《ほとり》）なのかと笑っていたが、ゴルフ場のグリーンからは、現在でも遠目にではあるだろうが、河口湖の湖面が見えるのかもしれない。このゴルフ場は周辺の土地よりさらに一段二段高くなっている小さな丘が沢山あるし、樹木が視界を遮るほど繁ってはいない。

大岡昇平ほど、「人好き」な作家は珍しかっただろう。大岡は推理小説も数冊書いているが、このジャンルの約束事などを結城昌治に尋ねることがあったらしい。結城は私の担当作家だったので、そのことは結城から聞いていた。取材にも二度協力したこともエッセイに書いている。大岡の役に立っていることが嬉しいという気持ちが結城の口ぶりから感じられたものだ。
「わが師わが友」という大岡のエッセイを愛読していたのは、私がまだ学生のころだった。イタリアを旅行してきた今日出海《こんひでみ》が大岡にフィレンツェ土産の革財布をくれるのだが、大岡はお礼を言うどころか「フィレンツェは革が安いからな」と軽口を叩く。今は「返せ」と。「いったんくれたものを返せとは」と大岡はからかっているが、大岡の人付き合いのパターンが表われていて面白かった。

大岡家の別荘は第2次分譲地の区番一六にあった。大岡邸のすぐ近くに二十年以上、この土地で夏場を過ごしている大学教授夫妻がいる。横澤さんご夫婦だ。私が大岡山荘の正確な位置の見当を付けようとウロウロしていたところ、庭仕事をしていた奥さんが、外まで出てきて場所を教えてくれた。

実は今もその家は残っている。といっても、大岡昇平が存命当時の建物ではなく、亡くなったあとに息子さんが設計して建て替えられた建築物であるという。以前の建物と比べると、和風の趣になっているらしい。場所はその建物があるせいで即時に分かる。武田山荘から歩いて十分という距離になるだろうか。旧管理所からは歩いて、二分という近さである。大岡が亡くなってからも、しばらくは、春枝夫人が来ていたようだが、どのくらい経ってからかは不明ながら、売りに出され、現在は二人目の所有者らしい。大岡夫人の春枝さんと交流があった横澤夫人は春枝さんを自宅に招《よ》んで、お茶を振る舞ったこともあったのだと。春枝夫人は一千万くらいで売りたいと話していたそうだが、借地権付きの家なので、そのくらいが相場だったのだろう。夫人がいつごろ亡くなられたのか分からないが、百合子さんよりもあとだったのだろうか。
〈大岡夫人はサングラスをかけて藍色の和服で運転。大岡夫人の顔色が硝子《ガラス》の加減か蒼白く着物が青くて、その美しいこと優雅なこと。大輪の青い朝顔のようだ!! 私は道ばたの石に腰かけて見送った。感動したときには体操をして現わすことにしているから、車のうしろに向って「万歳」を三唱した。〉（『富士日記』中巻Ｐ357）

春枝夫人は、夫昇平の坂本睦子との不倫の間に、二度ほど自殺を図ったことがあるという。負い目のある夫は妻の憎まれ口にも今や耐える必要があった。助手席で山荘まで乗せてもらっている上に、身体の不調が増して、なにかと面倒を掛けている。力関係が逆転して、夫に対しては、皮肉交じりの言葉が多い。大岡が下痢で苦しんでいると、「酒の飲みすぎなんですよ」とまことに冷たい。少しずつ、少しずつ、大岡に不倫の仕返しをしている。

『富士日記』のなかの大岡にはいささか三枚目で笑えるエピソードが多いが、個人的に興味を引かれたのは、ホラー映画「悪魔のいけにえ」を吉田の映画館で上映していたときのこと。百合子さんよりも、花が猛烈推薦する。それを真に受けて観に行った大岡は、観始めから気に入らなかったが、とうとう我慢が出来ずに途中で切り上げて出てきたという。「たいへんなものを推薦してくれたな」と百合子さんたちをなじる。

実は、私も同じような体験があった。脚本家の故田向《たむかい》正健とは、仕事から離れた付き合いを楽しんでいた。年に二回くらいお互い知恵を絞って、変わった店を探し出し食事をする仲だった。その田向の大のお気に入り映画がこれだったのだ。もう上映館はなかったので、ＶＨＳのテープを買って観たのだが、冒頭、手のひらにカミソリの刃で傷をつけるところから、私はもうイケマセン状態になってしまった。最後までなんとか観たが、そのあとテープは荷物の奥に放り込み、もちろん二度観ることはなくて、とうとう捨ててしまい、疫病神を始末した気分になった。大岡昇平が同じような感覚の持ち主だったのは頷《うなず》けるが、あの映画にはしぶといファンがいるのである。

　泰淳と大岡の最初の出会いは一九五二（昭和二十七）年ごろだろうか。泰淳は鎌倉にも近い片瀬江ノ島に、大岡は鎌倉に住んでいたころだ。大岡は「武田の小説は下手だ」と中村光夫に話していたので、両者が仲違いしないように、中村が間に入って、関係をおだやかな方向に持っていったとどこかで読んだ。

　大岡のウィキペディアで不十分なのは、大磯の家から成城に自宅を移したことは書いてあるが、富士に山荘を構えていたことは記されていないことだ。

　泰淳と大岡は夏場に何度もお互いの家を行き来する。百合子さんは、酒が入ると長居をするので、大岡家に行くときには、泰淳から「あまり飲むな」と事前に注意を受けたりするが、ある晩など、伝言のために一人訪れたのに、「いいから、上がれ」と言われ、ビールを注がれて飲むうちに帰る時機を逸したなんて日もあって、笑えるのだ。

　百合子さんが富士に来た恩師の宿泊所を訪ねて、夜になっても帰ってこなかった日のこと。この件については、あとの章でも述べるが、泰淳は、百合子さんになにか悪いことが起こったのではと、花を連れて大岡家まで歩いていき、事情を話して、一緒に捜してもらうことにした。泰淳は百合子さんという存在がなくなる状況など考えられなかったのだろう。翌日、大岡家で大岡夫妻と武田夫妻は、前夜の事件を思い出しては大笑いする。

ロシア旅行で武田夫妻が日本を留守にするので、自宅で一人になる娘の花のことを大岡夫妻に頼むシーンも描かれている。中公の編集者に頼んでもいいところを大岡夫妻に頼るということは、その親密度は編集者よりも上だったということだ。

梅崎春生が、「どうして大岡さんとばかり仲よくするのか」と酔余の繰り言を述べたと書いてあるのは、山荘生活二年目の一九六五（昭和四十）年六月だが、「富士なんてよくないでしょ。でも、そんなにいいのかな。僕も行こうかな」なんていうふらふら振りは、梅崎の感じがよく出ていて、ここも笑える箇所だ。「助けてくれえ」と言っているような梅崎さんの顔という百合子さんの絶妙な比喩を思い出してしまう。

社交に関して不器用な泰淳も富士では大岡の到着を心待ちにするようになる。

〈主人は早く散歩に行く。「大岡のうちのところに車が置いてあった。きたのかもしれない」と、いそいそと報告。〉（『富士日記』中巻P120）

〈「さあ、今年もうるさい大岡がやってくるぞ」「大岡のやつ。もう来てるかな。一寸《ちょっと》行ってみてきてくれ」。大岡さんがしばらくみえないと「どうぞ遊びにきて下さいと言ってこい」などと

——やっぱり、こんな風に暮していたのだ。〉（同、下巻P357）

大岡家を訪問して、「夫は嬉しそう」と百合子さんが書いている日もあるのは、泰淳の体調が悪くて、気分の沈んだころ、大岡家にお邪魔した途端元気になったので安心したのだ。それだけ、

泰淳は大岡と居るのが楽しかったわけだ。

　大岡昇平は文壇では数々の論争を仕掛けた人だし、別荘地でも管理所に文句を言ったので、奥さんたちが立ち寄りにくくなるといった笑えるエピソードを百合子さんは紹介していて、「喧嘩《けんか》屋」のイメージがあるが、内実は心の優しい人好き人間であり、それだからこそ武田夫妻はこの人を頼りにしていたのだ。愛犬ポコの悲劇的な死が武田夫妻を打ちのめしたときの大岡の役割は慰める人である。

〈「どうしてる？　犬が死んでいやな気分だろう。慰めにきてやったぞ」と、入ってこられる。〉

（『富士日記』中巻P143）

　富士は軽井沢のように沢山の文士の別荘があるわけではない。武田・大岡の交流が盛んだったころから、五十年を経た今日でも文士の数は減りこそすれ、増えてはいない。もしも大岡が軽井沢に家を持っていたら、毎日千客万来の騒ぎになり、仕事どころではなかっただろう。近所に真面目な仕事人の武田泰淳だけがいてちょうどよかったのだ。

　私は編集者としての新人時代に軽井沢を本拠地にしていた水上勉のもとに何度か通って原稿取りをしたものだが、昼間は昼間で大工さんやら何やら地元の知り合いが顔を出すし、原稿を書こうという夜になると、今度は避暑に来ていた女優さんや銀座のバーのママさんやらが相談ごとを抱えてやってくるという塩梅《あんばい》で、原稿が多少進むのは深夜になってからだった。こちらは、風呂に入れてもらい、食事をご馳走《ちそう》になって、酒を飲みながら待っているだけのことで、気楽な商売とも見えるだろうが、原稿待ちは人生の無駄だったような気持ちもある。

富士に別荘を持つのは、文士よりも政治家が多いが、大岡にとっても、近所に武田一人しかいなかったのは仕事をする上で好都合だっただろう。

泰淳が癌のため亡くなるまえ、入院先へ大岡が見舞いに訪れる。果物を持参していた。マスカットだ。翌日百合子さんが「何か食べたい？」と夫に訊くと「大岡のぶどう」と。

〈「……大岡の野郎、ぶどうなんぞ持って見舞いにきやがって……アンチクショウ……」酔って御機嫌のときの東京弁でつぶやいた。〉（『あの頃　単行本未収録エッセイ集』「マスカット」P278〜279）

大岡昇平は、武田泰淳の死から十二年後に亡くなるのだが、夫を失った百合子さんが富士に来ると、自邸での食事に何度も誘ってくれている。しかし、大岡夫妻も百合子さんも泰淳が生きてそこにいないということの淋しさは隠しようがない。

大岡昇平にも『成城だより』という文庫三冊ほどの日記作品があり、そのなかで泰淳亡きあと赤坂のマンションを訪れたり、まだ運転を続けて山に来ていた百合子さんを訪ねて、紅茶とケーキをご馳走になったことなど書かれている。百合子さんの『富士日記』に先を越されて、自分のちょっと滑稽な言動などが知られてしまったので、こちらも書いてやるぞという「敵《かたき》討ち」のような戯《ざ》れ言を述べるのも昇平流である。

『日日雑記』では、大岡昇平の死が語られている。埴谷雄高の連絡で、大岡が集中治療室に入っているということを百合子さんは知る。それから、すぐにまた電話が入り「大岡は死んでしまいました」と。この言葉は悲しい。

大岡の戦後最初の作品『俘《ふ》虜記《りょき》』に、次の文章がある。フィリピンの孤島で捕虜になり、アメリカの船に乗り込むために、島の道を担架に乗せられて運ばれるシーンである。

〈その美しい緑が担架が進むにつれて後へ後へと流れるのを見ながら、私は初めて私が「助かった」こと、私の命がずっと不定の未来まで延ばされたことを感じる余裕を持った。〉（「十八刷版」P67　新潮文庫）

戦場で何度も死を覚悟し、一度など手榴弾で自死を試みてからも生き延びて四十四年後、不定だった未来が定まり、大岡は一九八八年十二月二十五日に亡くなる。百合子さんの逝去は、その五年後であった。

第三章　その後のメインキャストたち

サブキャストの皆さん

〈「うちは、来てもらいたい人を招ぶの。来てもらいたい人は、こっちが決めて、こっちが招ぶの。招ばれなかったら、きてもらいたくないか、用事がないかだからね」〉(『富士日記』中巻P58)

『富士日記』のメインキャストは実は出版社の編集者や作家仲間などではないことは、この本の愛読者であれば充分承知のことだろう。もちろん、作家のなかでは大岡昇平と深沢七郎は特別の存在であるから、この二人は別項で扱ったわけである。

石屋の外川さん、「スタンド」のおじさん、スタンドで働いているノブさん、この三人は突出して出番が多い。文庫三冊分の『富士日記』のとくに前半部分では登場回数が群を抜いている。

特別の存在であるから、この三人に関してはひとりずつ項目を立てるつもりである。

ほかの地元民で気になるのは、管理所の関井さんである。中公文庫の『富士日記を読む』という一冊には、『富士日記』新版全三冊に登場する人物の索引があるが、最も登場ページ数の多い外川さんの半分近い五十三ページに関井さんの名前があるということが分かる。

『富士日記』には、フルネームは出てこないし、年恰好《としかっこう》もはっきりしないが、外川さんを「調子に乗るでねえ」と叱りつけているところを見ると、外川さんよりも年上だったのではなかろうか。別荘地にどのくらいの期間勤めていたのか、富士観光の正規の社員だったのかも不明である。『富士日記』では、前半部ではしきりに登場するが、途中からまったく消息が分からなくなる。

別荘地の運営会社である富士観光（株）に何度か問い合わせてみたが、電話では「古い人の記録がない」と断わられて埒《らち》があかず、とうとういきり立って河口湖駅まえにある本社に押しかけた。総務のＯ氏にじか談判をした結果、以下の答えが得られた。

関井芳春氏、一九九八（平成十）年、九月に死去。つまり、百合子さんより五年あとだったが、現在、夫人も亡くなっているので、さらなる聞き取り不可能。大月市在住だったらしい。富士の地元の人ではないので、知っている人も見つからないだろう。

関井さんは、家のメンテが必要なときに最初に頼る相手なので、何かというと名前が出るが、だんだんと武田家のなかに引き入れられる恰好で付き合いが深くなる。しかし、外川さんほどのお気に入りにはならない。

〈そのうちに関井さんがやってきて一緒にまじり、ジュースを飲んで（関井さんは酒を飲まない）いたが、「わたしもひとつ」といってマイクを口のところにあてて、やっぱり立ち上って「山の淋しい湖に、ひとり来たのも悲しい心」を歌った。しまいには、社長と関井さんがマイクを奪《と》り合うようにして代る代る歌った。〉（『富士日記』上巻P46）

　ここの箇所の「社長」というのは、登場間もないころの外川さんのことだ。現在のカラオケボックスどころか、カラオケの装置もスナックなどに備わっていないころで、ましてや家庭でカラオケの装置を持つことなど想像も出来ない時代である。結局、テープレコーダーに付随したマイクを握って歌っているだけなのだ。アカペラで歌っているのと同じことだが、マイクを握っているだけで、その気になるのは私も経験があるが、情景を思い浮かべるとやはり可笑《おか》しい。

〈関井さんの話
○関井さんの家の下を流れる川では、あゆ、はやが釣れる。夜九時には眠くなるので寝てしまうと、朝三時には眼がさめてしまう。（中略）奥さんは高血圧なので冷たい水に手が入れられないから、関井さんが水仕事をする。〉（『富士日記』中巻P240）

　やはり関井さんは、若い人ではなさそうだ。といって、かなりの高齢者だったとも思えない。もっと知りたいが、聞き込みするにも、相手がいない。

　百合子さんがよく立ち寄った「スタンド」近くのS農園のおじさん、おばさんも登場回数が多い。日本そばなど（月見そば二人前二百円とか）よく食べているが、野菜も買っている。世間話もしているのだが、登場人物のなかでは地味な活躍だ。

　S農園は「スバル農園」のことで、現在はない。最初は農園だけで、百合子さんは野菜を何度も買っている。食堂が出来てからは、東京との行き返りに、泰淳と一緒に立ち寄る回数が増えたようだ。

〈S農園は増築している。夏までに食堂を作るらしい。今年もうんと野菜を作るから買って下さい、と言う。〉（『富士日記』中巻P109）

　S農園のおじさんは、表情を変えず、ぼそぼそと喋るらしい。スタンド同様、おばさんも何度か登場する。このご夫婦のその後は不明である。

　S農園は「スタンド」の少し南側のスバルライン沿いにあり、跡地は半月形に削られた土地で、焼き肉屋などの食堂が三軒ほど営業しているのですぐ分かるだろう。

　次に本来地元民ではないが、武田山荘の北隣りにTさんという美容院経営者が建てた家の留守番の老夫婦のその後が気になる。不思議な夫婦で、仲が悪いというより、組合せが間違っていたのだろうが、一度、このおばあさんを百合子さんはクルマに乗せて、麓に買い物に行くが、そのときのはしゃぎっぷりがなかなかである。この夫婦も、一九七六（昭和五十一）年七月にはどこかに消えてしまっている。それ以前に、「おじいさん入院」という記述があるので、山生活が出来なくなったのだろう。

　外川さんたちの「その後」の人生を知るために、私は以下のような手順を踏んだ。

　まず、武田夫妻の一人娘花さんに手紙を書いた。花さんは、二〇〇七年に借地権を手放し、山荘を解体したことをエッセイに書いていた。そこで、山荘の地番のほかに、外川さんたちとその後の付き合いがあったのかどうかもお尋ねした。地番については、前述の通りだが、外川さんたち、その子孫の皆さんの消息については、一切交流がなく分からないという答えだった。

　そもそも、私が知っている範囲では、スバルラインにはガソリンスタンドは存在しない。とすると、スタンドはもう廃業した可能性もあるのではないかと考えた。

　外川さんに関しては、有力な証言者と思われる方が、私の山荘の近所におられた。名前は、外川幸雄さんである。一九三四（昭和九）年生まれであるというので、知り合ったときは、八十六歳くらいだったが、私の家から百メートルほど離れた家で一人暮らしである。奥さんをかなり前に亡くしているからだ。息子夫婦が同じ敷地の別棟に暮らしているので、まったくの独居というわけではないが、基本一人で生活すべてをこなしているようだ。麓の富士河口湖町と富士吉田市で貸衣装の会社を経営している。元は京呉服商で、若いころは、全国を飛び回って商売していたと話していた。

　雨の日も雪の日も、幸雄さんは朝十時ころ、富士観光の巡回バス（無料）で麓まで降り、また夕方にバスで戻ってくる。会社の仕事はほとんど息子さんが継いでいるようなので、幸雄さんが毎日出掛けるのは、病院へ行くのと買い物が主である。体力が落ちないようにという意味もあるのだろう。だから、帰宅時の両手には、大量の薬とスーパーで買った食料品がぶら下がっていることが多い。

　私の家は巡回バスの通りにほぼ面している。バスが止まり、庭で山仕事をしている私に気がつくと、声を掛けてくれるようになったのは、この二、三年のうちである。この二年はお互いマスク越しではあるが、しばらく立ち話をする仲になっている。

幸雄さんの名前を知ったときに、私は「しめた」と思った。富士河口湖町は広い町ではない。もちろん、富士吉田にも外川姓の商店や医院はかなりの頻度で目に付くので、決して狭い地域ではないかもしれないが、石屋の外川さんも外川幸雄さんも、富士河口湖町の住人である。知らないわけはあるまいと考えた。年齢的にも活躍していた時期が重なっているはずである。

『富士日記』の外川さんも、同じことを話していたが、外川幸雄さんも外川家には三派あると。それぞれ守り神が違って、『富士日記』の外川さんの派はお不動様がそれで、二月十四日の晩から翌日の昼まで米のご飯を自宅で炊いてはいけない。外食で米を食べるのはいいのだそうだ。とまあ、非常に奇妙な仕来《しきた》りがあったものである。

自分の家系に属する一族は、法事のときなど定期的に集まる。しかし、近所の外川さんに石屋の外川さんのことを尋ねると、その方についてはまったく知らないと、それ以上の情報は得られなかった。ということは、違う家系なのだろう。しかし、後に『富士日記』の外川さんの名前が「清一」であることが分かってから、「ああ知ってますよ、腕のいい大工さんだった」と思い出してくれたが、清一さんは、大工ではなく、石屋から土建業に移ったのだから、やはり親しくはなかったのだろう。

幸雄さんの身の上に激震が走ったのは、二〇二二年の八月である。この月の二十二日に私たち夫婦は一旦、東京日野市に戻った。夫婦二人とも、定期的に通っている病院に行かなければならなかったからだ。戻る日の朝にも幸雄さんが家のまえを通ったので、我々の予定を説明した。そのときに、様子がおかしかったことがあとで思い出された。まるで、私のことを認識していないような顔つきだったのだ。

一週間後、富士に戻ったが、幸雄さんの姿がまったく見えない。それから一週間経っても出会うことがない。いつも巡回バスを私の家のまえの自動車道で降りて、ゲートの横を通り、坂を下ってくるはずだが、バスが停まる様子もない。数日間なら体調不良という可能性があるが、日にちが長すぎるように思えた。

幸雄さんの家まで歩いていくと、ちょうどご長男が庭の手入れをされていた。幸雄さんのことを訊いてみると、やはり心配は当たっていた。

私が最後に会った日のようだが二回転んだらしい。家のなかで一回、出先で一回。骨折したわけではないが、頭を打ったようで、急性の認知症と幻覚が始まったという。しばらく寝込んでいたが、「明日、都留の病院に入院します」と。しばらく経って、ご長男の話を聞くと、御殿場のもっと設備の整った病院に転院し、そのあとは病院付属の老人施設に入るらしい。

外川幸雄さんは、二〇二二年時点で八十八歳である。我々が敬遠している寒い冬のあいだも、この土地で頑張ってきた。少なくとも九十歳までは一人で暮らす姿を見せてほしかったと残念でならない。

役場からの情報

〈雨少しく降りだし、屋根にカバーをかける。スバルライン有料道路入口のスタンドにてガソリン、オイルを入れる。スタンドの男の子供は「ビッグX」の帽子をかぶっている。スタンドの主人はどてらを着ている。チェーン用のバンドを買う。燃料用の石油を三かん注文して、届けてもらうことにする。スバルラインの途中から、雪か、霜か、白くなる。ゴルフ場のクラブハウスを過ぎるころから、急な坂道は白さを増して車はいつストップするかもしれぬ。門前に辿りついてほっとする。展望台と門柱がすばらしくがっしりと完成していた。〉（『富士日記』上巻P42〜43武田泰淳）

富士桜高原別荘地は山梨県南都留郡鳴沢村の行政区域である。住所は鳴沢村字富士山。住所は鳴沢村でも、この別荘地の人たちが買い物や食事や行楽に出掛けるのは、主に富士河口湖町であり、富士吉田市である。

『富士日記』でも、百合子さんが鳴沢で買い物するのは、農協の売場くらいで、あとは吉田（富士吉田）の商店が多い。別荘族にとって生活圏のほとんどは富士河口湖町であり、富士吉田であるのだ。現在は、「道の駅なるさわ」も出来ているので、私たち夫婦はそこへ野菜や本物のコンニャクを買いにいったりすることもあるが、もちろん百合子さんの時代には存在しなかった。

『富士日記』の人びと捜しは次のような手順で進んだ。鳴沢村役場では、『富士日記』に登場する面々の情報は得られなかったので、富士河口湖町の生涯学習課文化財係という部署に電話を入れた。たまたま電話をとってくれたM氏が次のように話す。現在、町史の改訂のために、各所へ調査に訪れているところであり、『富士日記』の関連先にも自分たちが赴いて聞き取りをしているのだと。そして、私が知りたかったスバルラインの「ガソリンスタンド」について、石屋の外川さんについて、後ほど判明することがあれば連絡をくれることになった。

　それから、ほんのわずか経って、役場のＭ氏から連絡が来た。次のようなことだった。スバルラインのスタンドは、二人の姉妹で継いでいて、現在も営業中。そのスタンドに石屋の外川さんの息子さんがときどきトラックの給油に来る。さらに、ノブさんは「肉の小林」という店をスタンドの裏手に出していると。すべては、スタンドの姉妹が知っているので、そこへ行って話をして下さいとのことだった。

　私が勘違いしていたのは、スバルラインという富士山五合目に通じている有料道路の出発点が、百合子さんの時代とは違っていたことである。クルマで来ると、我々は河口湖インターチェンジを右折して、国道１３９号に合流し、立体交差下のトンネルをくぐる前に左車線に入る。そのトンネルの上にはスバルラインが走っているので、スバルラインに合流するには、左車線から入路に向かわなければならない。そして、左方向、つまり富士山の方向に曲がると、そこにはかつては料金所だったゲートの跡が残っている。つまり、そこから有料道路だったので、富士桜の別荘地に行くには、片道二百円の通行料が必要だったのだ。

　百合子さんは、日に何度もこの道を通行することもあったので、一回分無料になる綴りの回数券を買うのである。スタンドのノブさんが、百合子さんのクルマの故障を直すのに、この道路を何度も「タダで」通行したという笑える話も『富士日記』のなかにある。

　しかし、スバルラインの起点は、その旧料金所よりもさらに北のほうだったのだ。つまり、立体交差の地点よりも、河口湖駅寄りの七軒町交差点が出発点だったのである。

山梨日日新聞社の運営する富士山情報サイトには次のように説明されている。
〈また、この道路の起点・終点については、終点は富士山5合目である。一方で起点は、富士急行線河口湖駅から西へ約２００メートルの七軒町交差点で、起点から料金所までの約6キロは無料開放区間（一部生活道路）である。しかし、２００5年の維持管理有料道路移行に伴い、「富士山有料道路」としての起点が料金所手前の胎内交差点［標高１０５０メートル］に変更され、総延長は24・1キロとなっている。「富士スバルライン」としての起点と総延長は従来通り。〉

私がスバルラインに沿ってある「スタンド」に長年気がつかなかった理由は、スバルラインの起点が七軒町の交差点であることに気がつかなかったことだ。七軒町の信号を東方向に曲がると、富士急河口湖駅の前に出る。

「スタンド」は、国道１３９号と立体交差している複雑な交差点を七軒町の方向に向かって、右手一キロのところにあった。今も立派に営業していたのである。

スフィンクスの横顔のような出光興産アイコンのお馴染みの看板と「apollo station」のロゴは目につくが、ナニナニスタンドという表記は敷地奥の壁に小さく「スバルラインＳＳ」とあるきりだ。敷地は広いほうかもしれないが、奥行きが意外と浅い。

役場の人から、あらかじめ私が訪問してくることを聞いていたせいか、話は早かったが、いきなりの訪問で、すでに老齢期に入っている姉妹はあたふたと事務所の二階に案内してくれた。

主に話してくれるのは、妹の梶原たつ江さんである。姉の大森トシエさんは、忍野の家に嫁いでいて、スタンドはたつ江さんが仕切っているようだ。もう一人弟がいて、たつ江さんと二人で働いていたそうだが、先年脳梗塞を発病して以来、ずっと自宅で療養しているとのこと。実は、この弟さんはあとから登場する外川兼男さんの小学校の同級生だと判明した。狭い街だからではあるが、「スタンド・梶原」と「石屋・外川」とはこういう形でもつながっていたのだ。

スタンドのおじさん

〈帰り、スタンドで売っている山芋を買うと、おじさんは「タダでやる」といってきかない。わるいから、なめ茸の瓶詰二個、ごぼう味噌漬など、買ってしまう。すると今度は、おでんを二皿「タダでやる」と言う。タダで食べる。おじさんは、そばに椅子を持ってきて腰かけて話をする。おじさんのおかみさんは、今日は東京のナントカ会館に遊びに行っているそうだ。おかみさんは昨夜は嬉しくて嬉しくて眠れなかったそうだ。〉（『富士日記』上巻Ｐ181）

スタンドの開業は一九六四（昭和三十九）年八月一日である。その年の十月に日本で初めてのオリンピック東京大会が開催されるという、そういう時期だった。

最初に、スタンドのおじさん、おばさんの名前を聞いた。『富士日記』では、姓名がまったく書かれていなかったのだ。泰淳が著作を二人にあげて署名をしたとき、「おじさんの名前を初めて知った」と述べているが、名前そのものの記述はない。

梶原嶋雄、貞江というのがたつ江さんたちの両親の名前である。念のため、梶原は「かじはら」と読む。『富士日記』の読者であれば、この嶋雄さんが俳句をモノし、いささかその方面で

「スタンド」の姉妹（2021年10月。後ろが梶原たつ江氏）。新型コロナ蔓延時期のため、マスク姿である。

はウルサイ人であることを知っている。

雪となる山家《さんが》しづかに灯りける

この句は読売新聞の公募で入選したという箇所がある。一九六五（昭和四十）年、大晦日の夜のことである。スタンドの仕事を放《ほ》ったらかして、スタンドのおじさんとノブさんは武田山荘で夫妻と酒盛りしていたのだが、その席で披露された句である。

そもそもは、前日百合子さんが雪のなかにクルマのトランクの鍵を落としてしまった事件から始まる。トランクのなかにタイヤチェーンが入っているので、麓まで乗っていけないのだった。頼れるところはスタンドしかない。夕方におじさんとノブさんはやってくる。ノブさんは、クルマの後部座席を取り外し、トランクからチェーンを引き出して、さらに釣り竿の先をトランクの隙間に差し入れて、トランクを開ける。まるで、「手品のようだ。映画のギャングのようだ」と百合子さんは感心することしきりである。

このあと、スタンドの仕事は忘れ去って、山荘での酒盛りが始まったというわけだ。

スタンドの印象が深いのは、おじさんもおばさんも百合子さんがやってくると、手ぶらでは帰らせないという凄さを見せつけられるからである。売り物のおでんやアイスや野菜やお菓子など、もってけ、もってけとばかりにくれる。

この伝統は跡継ぎの姉妹にもしっかりと受け継がれていて、私はガソリンも買わず、話を聞きに伺っているだけなのだが、帰るときには、お菓子や野菜を持たせてくれた。

百合子さんの時代に戻ると、スタンドでは石油を入れるだけではなく、クルマが故障したとき、部品がイカレたときなど、ことクルマに関してはよろず相談所の趣があった。いや、クルマどころか人生相談までしている。

富士に向かう途中、籠坂峠付近で自衛隊の車両が車線を無視して、中央をこちらに向かって走って来た。あわや正面衝突を、という瞬間があった。百合子さんは窓を開けて「バカヤロー」と怒鳴るが、助手席の泰淳は「男に向かってバカとはなんだ」と怒る。その叱責に逆上した百合子さんは猛スピードでクルマを暴走させる。そして、ことの顛末《てんまつ》を訴えにスタンドへ駆け込むのである。おじさんとノブさんに訴えるが泰淳を前にしては二人とも裁定に困っている。おじさんは、かろうじて「奥さんの勝ち」、ノブさんは「先生はえらい」とかなんとかとお茶を濁す。それでも百合子さんの怒りはここですっかり吐き出すことで収まったようだ。

このころのクルマはいかに百合子さんの運転が荒っぽい（ノブさんの指摘）といっても、パンクは数知れず、オイル漏れや部品の故障など正体不明の不具合も含めて、なんと頻繁に起こることか。今日では考えられないほどの脆弱《ぜいじゃく》さである。

百合子さんは一貫して日産車の支持者のようで、どうやら最後はブルーバードＳＳというグレードの高いクルマを愛用していたらしい。その日産車がおかしくなるたびに、スタンドに相談に来る。

この時代のガソリンスタンドは、ガソリンを補給するだけのところではなかったのだろうか。

それとも、おじさんのスタンドが特殊だったのだろうか。富士山麓のお土産品、冬場はおでん、夏場はアイスクリームといった定番商品どころか「電気式まわりどうろう」などというものまで売り出している。甲府のほうまで出張って売り込みにノブさんが出掛けているとある（『富士日記』一九六六年十月七日）。現在のガソリンスタンドはタイヤを売ったり、車検代行業はしているが、梶原さんのスタンドほど手を広げているところは見当たらない。

ちなみに、この土地では梶原という姓はかなり多いとのことだ。隣の富士吉田市では、八割方渡辺姓であり、市役所職員は自分のハンコに姓ではなく名前を彫って使っているのだそうだ。吉田だけではなく、富士河口湖町、鳴沢村にも渡辺姓は非常に多い。富士桜高原別荘地の管理事務所にも、出入りの造園業者にも、鳴沢村役場の窓口の女性にも渡辺姓はいるし、前々職の編集者時代に挿絵を描いてもらっていた画家百鬼丸氏は出身が吉田であり、本名は渡辺文昭である。『富士日記』のなかで、スタンドと外川さんのエピソードが多いのは、真ん中あたりまででその後は少なくなる。たつ江さんによると、「中央道が出来てから、百合子さんたちが来ることが少なくなった」ということだ。

中央高速道路（現在の名称は中央自動車道路）の河口湖インターまでの開通は、一九六九（昭和四十四）年の三月である。当時は対面通行で、追い抜きも許されていたので、重大な事故も絶えなかった。武田家よりもあとに別荘を建てた大岡昇平は、事故が怖くて、上りと下り車線の別が出来るまで、この路線を利用しなかった。「山の隣人」というエッセイで大岡は、〈しかし武田さんは平然として、中央を使っている。心構えにおいて私などの遠く及ばないところがあるので

「スタンド」のおじさんとおばさん。(提供 梶原たつ江)

ある。〉と書いている。だが、平然としているのは運転している百合子さんのほうで、助手席の泰淳は戦々恐々として、その不安を癒やすためにも缶ビールを呷《あお》らねばならなかったに違いない。

スタンドのおじさん梶原嶋雄さんは、二〇一二（平成二十四）年に亡くなった。百合子さんが亡くなったのは、一九九三年だから、十九年あとのことになる。泰淳は一九七六年没なので、おじさんの死は三十六年後のことだ。九十四歳だった。おばさんは貞江という名前で、夫のおじさんより先立つこと九年、二〇〇三年に死去している。

ちなみに作家となった村松友視が、山梨放送の番組「1億人の富士山」の案内役でスタンドを訪れたときには、おばさんが亡くなってふた月経っていたのだが、おじさんは元気で登場している。このテレビ番組では、次のような証言もあった。百合子さんは、スタンドに寄ると、休憩所にもなっている事務所で長い時間座って話を聞いていたそうである。もちろん、スタンドで用意してくれるおでんなどの軽食を食べながらだ。おじさんから聞いた話がたくさん記録されているわけである。

晩年のおじさんは、脳梗塞を三年患っていて、最後の年には口から食べ物を受け付けなくなり、医師が家族にも相談せずに胃瘻《ろう》の措置を講じてしまったと、たつ江さんは言う。

「胃瘻は、自宅でやっていました。わがままな病人で、しかも頭はしっかりしていたので、あれこれとうるさくて、介護するのはたいへんでしたよ」

脳梗塞のほかには持病もなく、静かに亡くなったので、死因として医師は「老衰」と診断したのだそうだ。

一番のお気に入り、外川さん

〈だが、いずれにせよ、戦後の彼は、彼流に好運の波に乗りかかっていたのだ。彼は不思議なほど、私のおもしろがりそうな話題が何であるかを、よく承知していて、たとえば「ワカサギの漁は、寒い風に吹かれながら、夜、湖の岸で、漁師たちがしゃべくっている、その話に味があるっちゅうわけだ。そんだから、魚がとれるまでの連中の話っぷりを、先生によくきいてもらいてえだ」などと、小説づくりの指導までしてくれるのだった。〉(『富士日記を読む』P278「花火を見るまで」武田泰淳　中公文庫)

外川さんは『富士日記』だけを読んでいると、百合子さんが気に入っているために、登場回数が多かったように一見見えるが、実は泰淳の大のお気に入りなのである。娘の花も、外川さんが山荘の宴会で歌った様子をテープで聴いて、やはり「外川さんが面白い」と武田家の血を証明する発言をしている。家族三人、外川さんが気に入ったのである。とりわけ、家長である泰淳の大のお気に入りだったことは見逃してはいけない。泰淳は「花火を見るまで」のなかで、外川さんのことを「あの私の好きな口調で」と書いているように、そもそも話の内容だけではなく、その話し振りも気に入っていた。

しつこく言うが、武田夫妻が心を許している地元の人々のなかで、百合子さんだけが気に入っている人はいないのである。泰淳が気に入れば、百合子さんは気に入る。反対ももちろんあり、私の編集者経験では作家に信用されるには、奥さんに気に入られることが一番というのが、必須の心得だった。武田家の場合、泰淳に「食べさせてもらっている」という意識の強い百合子さんは、ときに夫とやりあったり、追い詰めたりもするが、基本亭主の意見を自分の考えとしている。つまり、武田夫妻の場合、百合子さんは、夫が気に入る人が自分も気に入る人である。もちろん、泰淳も百合子さんが嫌いな人はすぐに察知出来たろうから、そういう人物は敬遠する。作家仲間では早世してしまった梅崎春生の一家は二人のお気に入りの人たちだった。富士に来るまえには、毎夏を立科で一緒に過ごしていた仲だったのだ。梅崎は医者に止められていた酒で酔い、「なぜ、富士なんかいいんですか。大岡さんとばかり仲良くして。でも、僕も行こうかな」などと、赤坂の武田邸で拗《す》ねるのだが、そういう梅崎の人柄を百合子さんも泰淳もどれだけ好いていたかということは、書き方で自然に分かる。梅崎春生の死去の報を聞いた百合子さんが、鳴沢村の郵便局で涙を流しっぱなしにしていて、局員に驚かれるシーンは『富士日記』で皆さんご存じの通りである。

　百合子さんが、嫌いなタイプの人はもちろん存在する。一九六六（昭和四十一）年十二月二十七日の日記に登場する「顔見知りの男」は、山荘に遊びに行きたいと言外に述べるが、百合子さんは「うちは、来てもらいたい人を招ぶの」と言い放つ。その男のことを、百合子さんはどうやら生理的に嫌っているらしい。百合子さんが好きなのは、素直で純粋で威張らない人だ。「私のうちでは皆、外川さんや、おじさんが好き」と極めて明快である。

他人を監視するような立場の人間はむろん嫌いで、『富士日記』一九七六（昭和五十一）年七月二十七日、管理所に一時駐在していた「若いのと老人の二人連れ」のガードマンがそれに当たる。泰淳の遺作『目まいのする散歩』のなかの表題作「目まいのする散歩」のなかで書いた、散歩中の泰淳を尋問する若いガードマンと同じ人物に違いない。こういう人種が武田山荘の客となることは絶対にないのである。

　百合子さんの実弟鈴木修のインタビューに面白い指摘がある。〈嫌いなタイプはやっぱりね、自分がえばりんぼだっただけに（笑）、えばる人が嫌いでしたね。〉（『文藝別冊　総特集　武田百合子』所収　河出書房新社）。修という人は、百合子さんの弟だけあって、人を見る目が鋭い。埴谷雄高が百合子さんを「全的肯定者」と定義したのは、身内の者からすると「ひいきのし過ぎ」だが、「観念の世界では正しいのかも知れない」などと語るところなど大きく頷いてしまう。

　外川さんに話を戻そう。外川さんは、話し上手だったのだろう。泰淳が述べている「あの私の好きな口調」で喋るのだ。決して高ぶらず、静かな声で話すのだが、話の内容がまず面白い。だから、百合子さんも外川さんの話に興味を奪われて、つい聞きほれてしまうのだ。

『富士日記』のなかでは、スタンドのおじさんが聞かせてくれるエピソードも沢山記録されているが、おじさんの話は世間的な話題が多く、現実的な色合いが濃い。それに対して、外川さんの話の内容は突飛でユニークである。普通の噂でも、外川流の解釈が施されていて、不思議な滑稽味が加味されている。

『富士日記』中公文庫上中下三巻で、外川さんが登場するのは、中巻までが多くて、下巻になるとそれぞれの家庭に病人が出てしまったせいか、交流が少なくなっている。泰淳が脳血栓を患ってからは、百合子さんは、日記を書くことが苦痛になってもいたようだが、やはり外川さんは山荘に来ていない。後述するように、次に百合子さんが外川さんと出会うのは七年後のことなのだから。

中公文庫『富士日記を読む』には、巻末に人物索引が付いているので、各登場人物の占めるページ数が分かる。やはり、最も回数とページ数が多いのは外川さんで総計百六ページである。次はやはりスタンドのおじさん（梶原嶋雄）で、六十七ページ、三番目は管理所の関井さんで、スタンドのノブさんを抜いているが、内容的には関井さんは名前だけの登場が多いのに比して、ノブさんは長めのエピソードが紹介されているので、実質はノブさんのほうが分量はずっと勝っている。

それにしても、外川さんの登場場面は圧倒的に多い。外川さんが、百合子さんが出してくれる料理を食べ、酒を飲みながらする話は、極めて特殊である。こういう話に泰淳は引き込まれている。たとえば、まだ外川さんと面識の浅いころに聞いた「ジョウショウ殿」の話。百合子さんは、「ジョウショウ」の漢字が分からないので、カタカナで記しているし（外川さんも知らないらしい）、この話は翌日になって、泰淳から命じられるようにして書いている。外川さんの話は長いので、これからもこうしたエピソードをその度に記録しておくのは、指が痛くなるし、困ると嘆いているのは少し笑える。

そのジョウショウ殿の話というのは——

作業時の外川清一さん。（提供 外川兼男）

石屋のワコー伝八郎という外川さんの知り合いが発見した日蓮直筆の法華経の経巻をシオヤ平内という男に欺し取られて、山麓の会社（富士急の前身の会社のオーナー堀内一雄のことらしい）に売ってしまったと。そして、その会社が富士登山道五合目の先にジョウショウ殿という祠《ほこら》を建てたのだという。「朝日さし、夕陽かがやく、うばがふところ」という日蓮上人の歌はこのジョウショウ殿の場所を詠んだのだということになっているが、真っ赤な嘘であると。外川さんは、伝八郎と一緒に山麓の会社に「ウソをばらすぞ」と何度か掛け合ったが相手にされなかった。外川さんは、お金で解決するつもりだったが、一銭にもならなかったと。（『富士日記』上巻P91～92）

ジョウショウ殿というのは、今も富士山五合目から五勺（勺とは一合の十分の一、五合五勺とは五・五合ということになる）ほど登ったところの経ヶ岳という場所に建っているという常唱殿のことだろう（ネットに写真などあり）。ここに日蓮上人が籠《こ》もって修行し、経典を残していったという伝承になっているが、それがウソであることは現在では自分しか知らないと外川さんは話したのである。

山梨県人はお喋りであるというのが私の説。大雑把に言ってしまうと、海の人間は言葉少なく、山の民は言葉が多い。しかも、ただ言葉を垂れ流しているわけではなく、そこここに皮肉と諧謔《かいぎやく》を交えて喋る。私の経験ではそのような断定になるが、異論はもちろんあるだろう。

理由は不明ながら、父母まで代々甲州人であるのに、甲州人であることを終生否定し、自分は横浜の人間だと主張した作家山本周五郎は、逆説と諧謔の達人だった。周五郎と接した人たちの手記を読むと、誰かがある説を唱えても決して同調することはなかったという。「いや、違うね」と否定し、自説を述べるのが常だった。周五郎の小説は、基本的に「常識」を覆すことを狙っている。より正確には、狙っているというより、真実は常識の反対側に存するという信念をゆるがせにしない。本人がいかに否定しようとも、周五郎ほど、甲州人の魂を感じさせる人はいないと私は思う。

周五郎一人では普遍化出来ないが、もう一人挙げれば深沢七郎だ。この作家の極端な偏屈さ、反常識、好悪の激しさについてはすでに述べた。

外川清一さんの晩年

〈石を切り出す山を所有している五十男で、石積み仕事に使用されている農村の主婦たちは、彼を「社長さん」と呼んでいる。石仕事できたえた上半身が肩幅も広く胸も分厚くて見るからに頑丈そうな五十男であるが、身長は私より低い。彼の話振りもいちいち気に入ってしまって仲良しになった。〉（『富士日記を読む』Ｐ265「花火を見るまで」武田泰淳）

外川さんは最初、単に「石屋の社長」として登場する。武田山荘の門柱を造った縁で知り合うのだが、宴会好きな外川さんが山荘での飲み会を提案したのがきっかけとなり、やはり飲むのが好きな武田夫妻と個人的な付き合いに発展していく。

泰淳の長いエッセイ「花火を見るまで」から引用したが、この文章は外川さんなる人は何者かを描いたエッセイなのである。そこには、百合子さんも書いていない事実に触れてもいる。

　たとえば、外川さんの自宅だが河口湖駅前の住宅としては〈もっとも小さく古びていて、家のなかもはなはだ乱雑に取りちらかされている。〉と。『富士日記』では、外川さんの家を年末訪れて、庭と家のなかが散らかり放題になっている様子は描かれているが、建物の外観の描写はない。泰淳亡き後の百合子さんの『日日雑記』では、「トガワさんの家の敷地は九百坪ぐらいある」と書かれているので、武田夫妻のどちらかが間違った認識をもっていたのかと思ってしまう。

　私は外川さんの四男の兼男さんに会って、この件について確認している。駅前の家のあった場所には、いまは古いアパートが建っているが、その土地は八十坪しかなかったという。東京の家であれば豪邸が建つような坪数だが、「石屋」という商売をしている家としては重機や道具類を置ける余裕がなかったろう。そこを売って、別の場所に広い敷地のある家を造った。河口湖駅から東方向、御坂道の「上の段」交差点を右折して少し走った角を左折すると、その路地の突き当たり左側に外川さんが亡くなるまで住んだ家がある。

　私は兼男さんの軽トラに乗せてもらって、敷地内まで入った。ここは確かに九百坪くらいあるかもしれない。重機も置けるような広いカーポートも目についた。だが、現在この家を継いでいる長男朝彦の子息は、土木関係の仕事はしていないそうで、この敷地の広さはいまや役に立っていないようだ。

　兼男さんとは、河口湖に近いファミレス「ガスト」で会って、話を聞かせてもらったのだが、おだやかな優しい人柄が伝わってくる。容貌は細面で、父親には似ていない。もっと若いころには、体重がさらに二十キロは多かったというので、父親に似た特徴も残っていたのだろうか。実家から探してきたというスナップの山から、何枚か選んで見せてくれた。外川さんの容貌は『富士日記』から想像していたものとは随分違っていた。泰淳がエッセイで描いていたように「背は自分よりも低いが、横幅はある」ということはよく理解出来た。顔はまったく予想外だったが、実際の容貌を見てからは、『富士日記』を読んでも、この顔が浮かぶようになった。そういえば、百合子さんは絵本「猿かに合戦」の誰それに似ていると書いていた。別のところでは、〈背広を着ると、よけい顔が丈夫そうに見える。そして大へん可愛らしく、眼を細くして笑うのである。〉とベタ褒めである（『富士日記』上巻Ｐ411）。

写真は本書に掲載したが、外川さんのファンは意外と感じるか、想像通りと納得するかどちらだろうか。写真で見る外川さんの妻は細面で、兼男さんとよく似ている。兼男さんは、母親似なのだ。

外川さんが、石屋だったころだと思うが、自宅で給料日に宴会をしているスナップ写真も兼男さんから見せてもらった。モノクロの写りの悪い画像だが、粗末な座敷で長めの座卓の周りを仕事帰りの埃《ほこり》に汚れた男たちが座っている。真ん中奥には、意外と小柄に見える外川さんが、箸を手に持っている。歌に合わせて、テーブルの茶碗を鳴らしているようだ。

給料日のたびに、こうした宴会を自宅で催していたらしい。この当時の自宅は、河口湖駅前の八十坪地所に建つ、狭い家のほうだったのだろう。

石を切り出す現場の労働者を抱えていて、ひとかどの商売をしていたはずだが、内実の経済は豊かとはほど遠かったようだ。石山も泰淳が書いているような「所有」ではなく、鳴沢村から借りていたのだ。「貧乏でした」というのが兼男さんの実感である。石だけでは儲《もう》からなくなり、そこで庭作りや土木全般の業務に転じたわけである。公共事業の受注を目指す土建業は結構成功して、生活は良くなったらしい。

外川さんには、子どもは五人居て、男児一人は幼くして亡くなったので、兼男さんは四男なのだが、すぐ上の兄は東京に暮らしているので、次男と間違われることが多かったという。五人のうち一人は姉で、女性はこの一人だけ。長男以外は、現在全員達者でいるということだ。

だが、兼男さん自身、ずっと肉体労働に就いていて、二〇二一年時では、建設会社に勤務していたのだが、長年の過剰な飲食のせいか、父親から譲り受けた高血圧のせいか、数年前から腎臓を悪くして、人口透析に通っている。透析は月・水・金の週三日、現場の仕事を午後四時で引き上げ、病院へ赴いて数時間治療を受けて、そのあと自宅で夕食を摂るということだ。二〇二二年六月には六十五歳なので定年を迎えたのだが、継続して働いている。

外川さんのフルネームは「外川清一」である。繰り返すが、外川さんに関しては、百合子さんだけではなく、泰淳にとっても特別お気に入りの人物であった。『富士日記』の特に初期のころ（文庫の上巻・中巻）では外川さんの登場するページが多いことも前述した。外川さんが登場するたびに、外川さんが話すエピソードを百合子さんは、丹念に記録している。まるで、録音していたかのようだが、あとで泰淳にも確かめながら記述したのだろうか。

泰淳が脳血栓を起こしたころには、外川さんの奥さんも病気になっていて、その後亡くなるのだが、石屋の商売が難しくなっている時期でもあり、それやこれやで武田山荘へ姿を現わすことが少なかったのだろう。

そういう事情は、『富士日記』のあとに書かれた『日日雑記』でも語られるが、『富士日記を読む』に収録されている、一九八二年九月号「新潮」のエッセイ「五年目の夏」がより詳しい。

一人別荘に来て、管理所へ徒歩で向かう途中で、偶然外川さんのトラックが通りかかる。外川さんも気がつき、クルマから降りてくる。百合子さんは泰淳の死後一年間は、泰淳の長靴や草刈り鎌など日常の品物が置かれたままの山荘に来るのはあまりに辛いので、避けていたのだった。その一年を含めて、外川さんに会ったのはなんと七年ぶりだった。外川さんは、文芸誌「海」に連載されていた『富士日記』を毎月、東京の親戚から送ってもらって読んでいたという。泰淳が五年前に亡くなったことを言うと、「俺ら、知ってるですよ」と答える。「俺ら」を「おら」ではなく「うら」と読ませることで、外川さんの口調をうまく言い表わしている。百合子さんが、人物の性格を摘出することが巧みなのは、こういう小業も貢献している。

泰淳と外川さんの奥さんの死のことなど、お互いに情報を交換し終わって、外川さんは去っていく。そのあとである——

〈どうしたんだろう。不意に涙が出はじめ、どんどん流れて、一向にとまらないのだ。〉

まるで、小説のような情景である。我々読者も、一緒に涙を浮かべてもおかしくない。外川さんと交流が盛んだったころの山荘の生活、夫が一緒にいたときの安心感、そういった感情がいっぺんに胸の底から押しあがってきたのだろう。外川さんが、「富士の高ねに降る雪も、京都先斗町に降る雪も」と歌った小宴会の情景など、懐かしい思い出が形にならずに一気に噴出したのだ。外川さんの存在は夫泰淳の思い出と地下でつながっているから、井戸水をくみ上げるように、はらはらと尽きずに涙がこぼれ落ちる。

外川さんは、百合子さんの『富士日記』では、「石屋」のままだが、『日日雑記』のころには「土建会社の社長である」と説明されているように、外川土建を設立してまずまずの商売をしていた。高卒でＮＴＴに就職していた長男朝彦を東京から連れ戻して、会社を継がせていた。朝彦は十年、ＮＴＴで働き、夜間大学も出たのだが、高卒で入った者はいつまでも高卒扱いで出世出来ないと落胆し、故郷に戻ったという。

『富士日記』では、外川さんの奥さんが脳出血のあと「家でぶらぶらしてるだ」と述べている。一九七二（昭和四十七）年六月二日の日記である。そのあと四年後、奥さんは亡くなり、外川家の家事はまずは朝彦たちの姉、長男が戻ってきてからは長男の奥さんが担当することになった。

いささかしつこいがもう一度言う。泰淳は外川さんを非常に気に入っていた。

〈主人は外川さんが来たのが嬉しい。ひどく元気そうにしてみせる。すると外川さんは安心したように笑った。主人は燥《はしや》いで、ビールとウイスキーを石工と外川さんにどんどんすすめた。〉

（『富士日記』下巻Ｐ323）

泰淳が脳梗塞を患ったことを外川さんは知っていた。お気に入りの外川さんと久しぶりに会ったので、泰淳が喜んでいる様子がよく分かる。おしゃべりで正直で変わっている人が大好きだったのだ。泰淳の親友・竹内好によると、泰淳は学生時代から「非常識」というあだ名を持っていたそうなので、常識をはみ出している人に同質性を見出しているのかもしれない。外川さんと大岡昇平には多分共通した資質がある。話すことの内容が、突飛で面白い。好奇心が旺盛なので、話題への食らいつき方が並ではない。泰淳が文部大臣賞を断わったときに、外川さんは泰淳の答えに納得せずに、何度も「なぜ？」と問い返したというエピソードが『富士日記』に描かれている。そこに外川さんの探究的な精神がよく表われている。大岡とは教育の厚みが違うが、知恵の回る人だったということだろう。

　外川さんが『富士日記』に登場するのは、この記述が最後になる。泰淳が亡くなる年（一九七六年）まで、四年ほど日記は分量がもの凄く少なくなるのだ。一九七五（昭和五十）年に一行もないのは、泰淳の病状が芳しくなく、百合子さんの日常の負担が増え、日記を書いている余裕がなくなったせいだ。それでも山荘では同じような日々が続いていたと百合子さんは書いている。

　外川清一さんと長男朝彦の姿を山梨放送の「1億人の富士山」で観ることが出来た。案内役の村松友視が外川土建を訪れたときに、清一さんと朝彦が二人して出迎えている。清一さんは、亡くなる前年の映像なので、同席してはいるが、小さくなった身体をますます縮こまらせて、だまって聞いているだけである。ときどき頷いているように見えるが、会話を理解しているわけではなかったろう。最晩年は認知症が進んでいたというのが納得出来る表情である。

　このテレビ番組では、朝彦が現場で働いている様子も映されているが、ヘルメットに(清)と印が入っているのは、清一さんの名前から採られた外川土建のマークである。

外川清一さんは、一九一六（大正五）年一月生まれ。二〇〇五（平成十七）年二月二十七日、つまり満八十九歳になって間なしに亡くなった。晩年は長男夫婦が同居して生活の面倒を見ていた。ボケ始めていたが、それでもクルマの運転は続けていたらしい。ふらふらと危なっかしい運転振りだったので、息子たちが説得して、やっと乗るのをやめさせたのだという。

亡くなったときの様子は以下のようなことだった。風呂に入っていて、なかなか出てこなかったそうだ。「ちょっと長いな」と長男の朝彦が心配して見に行ったところ、お風呂のなかで息絶えていた。かなり前から高血圧だったので、心臓麻痺を起こして亡くなったという診断になった。お湯に顔をつけてはいたが、お湯を飲んで窒息したわけではなかったようだ。つまり、溺死ではない。あと一年で九十歳だったのだから、長生きをしたほうだろう。武田夫妻が知ったら、いかにも外川さんらしい亡くなり方だと思うのではあるまいか。百合子さんに遅れること十二年である。

長男朝彦が会社を継いでいたものの、経理事務を担当していた朝彦の奥さんが、清一さんより先に病死してしまい、だんだんと会社を継続出来なくなり、外川土建は消滅する。朝彦も癌のため六十八歳で亡くなったので、その子息が本家の地所を継いでいるということは前に述べた通りだ。

外川さんの菩提寺《ぼだいじ》は、河口湖南東岸の富士レークホテルに近い臨済宗円通寺である。一二六五年開創の富士河口湖町指定有形文化財という由緒あるお寺だ。河口湖南岸の土地は、古くは農道だったのだろうか、細く入り組んだ路が奥のほうに控える寺社なども隠しているので、このお寺の存在も外川家の菩提寺であるということで初めて知った。

二〇二二年八月某日、私は円通寺を初めて訪れた。折しも、住職は法要の最中で、外川さんのお墓の場所を聞くことは出来ない。仕方なく、本堂横の墓地への通路を降りて、外川家の墓石を探してみることにする。

墓地は横に広がっている。土地のでこぼこの形状をそのままに、不揃いに墓石が並んでいた。外川家という家名を彫った墓石は、想像していたように沢山あった。しかし、墓地としては小さなスペースである。さらに、この土地の墓地には、墓石の前に墓誌を刻んだ石板が立っているので、そこに戒名だけではなく、俗名と亡くなった日付とが記されている。順繰りに見ていけば見つかるかもしれないという期待があった。

「外川」という墓石を選び、俗名に目を走らせ、右手奥のほうからだんだんと、中央に移ってきた。中央左手は少し小山になっていたが、二つ重なっていた後ろのほうの墓誌に「清一」の名前を発見した。享年は数えで示されるので、「九十」と刻まれている。奥さんの名前もあるし、長男朝彦とその妻の名前も刻まれている。

外川さんは、ここにいたのだ。頭を下げ、手を合わせて、「初めまして」と告げる。外川清一さんと私には何の関係もない。姻戚《いんせき》でも友人でもない。だが、私の心のなかではすでに親しい人なので、本当は「初めまして」ではない。だからこそ、自らの親族のお墓に詣でるよりも大きな感銘があった。『富士日記』が取り持つ不思議な縁なのだった。武田夫妻の名代で墓参をしたと言ってもいいが、いやいや、やはり私のなかでは懐かしい伯父さんのような存在なのである。

ノブさん

〈「そう。ノブさんは男前。私のところは男前でなくては招びません」〉（『富士日記』中巻P58）

ノブさんが、『富士日記』に初登場するときには、おとなしく口数の少ない、目立つ傷が頬にある優男である。百合子さんが出した梨は食べない。酒しか飲まない人のようだと百合子さんは察している。ノブさん像はだんだんと変化してくる。酒好きで、クルマに詳しく、百合子さんたちに尽くしてくれる好漢としてである。

スタンドのおじさん、おばさんは百合子さんに常に優しく、言葉で、あるいはモノでサービスこれ怠りなく尽くしてくれるが、最終的に武田夫妻が頼りにしていたのはノブさんである。

ノブさんの夫妻への尽くしぶりは、尋常ではなかった。『富士日記』中で一番の見せ場は、山荘からの帰途、停車していたトラックの後ろで待っていたときに、熔岩《ようがん》を満載した小型トラックに追突されるエピソードだろう。毎日新聞に連載していた『新・東海道五十三次』（中公文庫）の終盤に差し掛かったころのことで、赤坂の自宅へ向かっている途中の事故だった。

まだ中央高速が出来ていない一九六六（昭和四十一）年六月、上野原ドライブインの手前だった。ぶつけた中年の貧乏くさい運転手から警察沙汰にしてほしくないと懇願されたので、百合子さんが、「スタンド」に連絡をとると、おじさんがノブを向かわせるという。通りがかりの連中が「女ひとりで男二人にはかなわないよ」と忠告するので見に行くと泰淳が追突したトラックの助手席に乗り込んで缶ビールを飲み、運転席の男にも勧めているところだった。『富士日記』を読む限り、とんでもない夫であるか、世にもまれな博愛主義の人物としか思えないが、泰淳のほうにも言い訳があったらしい。

『新・東海道五十三次』では、泰淳が石屋の軽トラに乗り込んでいたのは、「石屋（追突した運転手）が逃げないために」見張っていたのだと主張している。笑えるが本当なのだろう。

ノブさんを待つ間、自分のクルマに入った百合子さんは、後遺症のことを心配し、もう運転が出来なくなるかもしれないと心配する。そして、すすり上げながら〈「わたし、運転ができなくなれば、捨てられるんだわ。それくらい知ってるわ」〉。『新・東海道五十三次』にある言葉だが（P315）、このような愁嘆場は、『富士日記』のほうには書かれておらず、淡々とことが運んだように書かれている。

こういう愁嘆場は泰淳の創作の可能性もあるが、もしも本当に百合子さんの言葉だとすれば、泰淳の加害者への態度に原因があったのではないだろうか。「1億人の富士山」に登場したノブさんは、加害者の助手席に乗り込んで、運転者と和やかに談笑している泰淳に対して百合子さんが「パパ！」と叱りつけるような言葉を聞いている。

現場は上野原というのだから、まだ山梨県とはいえ、「スタンド」からはかなり距離がある。高速道も出来る前の話である。百合子さんたちは三時間待ったというが、なんとか駆けつけてくれたノブさんがぶつけた相手への言葉も、『新・東海道五十三次』では『富士日記』よりも厳しく、武田夫妻は全面的にノブさんに頼る。ぶつけられて、フロントガラスが割れて素通しになり、トランクの右半分が潰れたクルマをノブさんが運転して、武田夫妻と荷物を赤坂の自宅に運び、そのクルマで折り返して河口湖町の修理屋に運ぶ。フロントガラスが失われていたというのは、やはりノブさんが「1億人の富士山」で証言していることで、百合子さんも泰淳も書いていない。そんなクルマを東京まで運転していくだけでも凄いが、追突した相手との交渉もノブさんがやってくれるのだ。ここまで、やってくれるノブさんへの信頼が増大するのは当たり前だろう。

『富士日記』では「ノブさん」としか紹介されないが、本名を小林宣雄《のぶお》という。小林は、渡辺、梶原と並んでこの地方に多い名前の一つであるという。スタンドのおばさんの実家が小林家で、ノブさんはたつ江さんの従兄に当たる。小林家の家業は理髪業だったという。

　ノブさんの妻福美さんは、私が取材で訪れたとき、「スタンド」からも近い瀟洒《しょうしゃ》な一軒家に暮らして、悠々自適の生活だった。「肉の小林」の商売は、全面的に長男和仁に任せていて経理面だけにタッチしているとのことだった。自宅横に建っている中層マンションのオーナーでもあり、言葉の綾ではなく、本当に悠々自適を絵に描いたような生活をしていた。

　そして、何よりも暴君そのものだったというノブさんの世話をみる必要がなくなったことで、現在の自由を獲得出来たらしい。

　ノブさん像は、武田夫妻の描くそれとは正反対であった。おそらく、百合子さんもこれを聞いたらびっくりするのではないだろうか。福美夫人によれば、「外面」のいい人だったようだから、家庭内での顔が違うのは当然だが、あまりにかけ離れていて、『富士日記』の読者も驚くことだろう。そもそも、前歴からして、武田夫妻の聞いていた事実とは違っている。

『新・東海道五十三次』にノブさんは「東京のスタンドに勤めていたことがあり、地理に詳しい」と書かれているが、スタンドではなく、「山北」という呉服屋で働いていたと福美夫人は言う。地元に戻って、スタンドで働いたが、自動車の整備は、そこで働いていた白鳥さんという若手の従業員から教わったのだという。

ノブさんは、一九四一（昭和十六）年生まれ、二〇一〇（平成二十二）年六十九歳で亡くなっている。百合子さん没後十七年のときに当たる。最期《さいご》の日は、早朝、カステラを食べていて、急に倒れ、救急車のなかでもう意識がなかったという。低血糖による死亡だった。このころ、アルコールは断っていたのだが、普通の食事はほとんど摂らなかったらしい。この朝のようにカステラのようなものばかり食べていたようだ。

結婚したてのころから、ほとんど酒浸りで、酔って福美さんに暴力を振るい、そのため警察を七、八回呼んでいるという。警察への電話を阻止するためだったのか、電話線を引っこ抜いたこともあるとか。

結婚の経緯から遡ってみよう。

「幼いころから隣人同士だったようですが、ずっとノブの存在には気が付かなかったんです。二人とも大人になったころですが、うちの家の引っ越しがあって、ノブが手伝ってやるとやって来た。でも、引っ越しが終わっても帰らない。『帰ってくれ』と言っても帰らない。母は『泊めてやれば』と。幾日もしないうちに酒を飲んで暴れたんです。新しい家のために買い入れた物などを放り投げたりして。そうこうしているうちに、子供が出来てしまったので、結婚することになったんです。結婚式は神社とかにはいかず、近所の飲食店で済ませました」

福美夫人の両親はもともとこの土地の人ではない。夫人は十四歳のときに、河口湖町に来たということだ。夫人は極めて真面目に話してくれているのだが、若い男の酒乱ぶりを嫌いながらも、子供を作っちゃったというのだから、なにがしか惹かれるものがあったのか、夜這いされた結果なのか、まあ、結婚って、こんなものなのかも。

『富士日記』では、ノブさんが「昨年結婚した」と簡単に書かれているが、裏の事情はなかなか複雑であったわけだ。

結婚しても、ノブさんは奥さんに生活費を渡さない。自分のポケットには常に二十万円ほど入っていたのは、飼い始めていた豚の飼料代や人を雇うお金や、酒手のためだった。奥さんは洋裁で稼いだり、実家からの援助で切り抜けてきたが、子供が多くなってくると（長男の上に姉二人、下に妹一人）、当然お金は足りない。

そこで、肉店を開くことを考えた。ノブさんの飼っている豚を使うわけではなく（ノブさんの豚は、静岡の仲買人が扱っていた）、品質のいい肉を周辺地から取り寄せての商売だ。ノブさんがどれだけ奥さんの商売に協力したかは不明だが配達などの手伝いはしていたようだ。しかし、夫人の口ぶりでは、ほとんど独力で始めたということだ。五十キロもある太い枝肉を担ぎ出して、毎日のように機械で切っていたという（長男和仁さんの話では、牛の枝肉を担ぐのは女性では無理だと）。

福美夫人は仕方なく独力で仕事を始めたのだが、商才に長《た》けていたようで、店は大いに繁盛する。「肉の小林」は、店舗でも販売をしているが、奥まった路地の立地からも窺《うかが》えるように、ビジネスの基本はＢｔｏＢである。河口湖畔のホテルや、飲食店向けに彼らが欲しがっている肉を供給するのだ。顧客優先の商売に徹したところに、福美さんの商才を感じるのは、この土地の地付きの商売人たちは、多分、しがらみのまま昔ながらの付き合いのなかで店を経営していただけだったのだろう。「こういう肉が欲しい」というクライアント（旅館や飲食店）の要望通りに豚肉も牛肉もブロイラーも揃えて、「お客の要望に添う」という基本方針が商売繁盛の秘訣だったようだ。

　和仁さんによると、牛肉はサシの入った高級肉は扱わず、赤身が中心だったという。枝肉を自分たちで切っていたのも初めのころだけで、処理済みの肉を仕入れるようになった。「皿に盛ってくれ」と注文されれば、そのようにして配達する。客が満足せず十四回も配達を繰り返したという記録もあるほどだ。

　ノブさんは、豚の飼育や酒を飲むこと、ときにはスタンドの手伝いなどで忙しかったので、長男和仁さんは、幼いころから店の手伝いをしなければならなかった。小学校一年生のときにはすでにモツを切っていたというし、中学生のときには無免許で50ｃｃバイクに乗って、配達をしていたというほど、母親の仕事を手伝っていた。無免許に関しては「もう時効ですから」と和仁さんは笑う。

　ノブさんの飲酒歴は長い。祖母がノブさんを可愛がるあまり（？）、小学六年生のときから酒を飲ませている。中学校へは焼酎を一杯飲んでから行ったというからもう子供のときからアルコール漬けである。「1億人の富士山」では、村松友視に対して「小学生から晩酌もしてました」と自慢するくらいなのだ。スタンドの仕事をしているときも、酒が入っていたことはまず間違いがない。

福美夫人は、結婚後二十年にして、これは「酒癖」というものだとやっと分かったという。自分の親族には一人もいなかったので、この体質については、想像すら出来なかったのだ。

『富士日記』の初めての登場場面で、ノブさんの右頬に大きな傷痕が目についたとある。この傷は、ノブさんが二十歳のころの自動車事故のときにつけたのだという。アパートを造る工事の手伝いをしていたときに、四人クルマに乗っていて、大谷石にクルマをぶつけたというが、運転していたノブさんは、やはり多量の酒を飲んでいたらしい。

河口湖畔の天上山からの下りで三十メートル落下した事故も福美さんが、語って止まない大きな事件だ。肉の配達を終え、隣席に肉店の従業員の女性を乗せていた。一般道が混むので、天上山を下る抜け道を利用したところ、ハンドル操作を誤ったのだ。やはり飲酒ゆえに起きた事故だった。ノブさんは、肉店の配達の仕事を手伝ってはいたが、大概はすでに酒が入っており、結局、和仁さんが出張ることが多かったのだが、たまたまこのときは、配達を買って出たのだろう。

ノブさんの晩年は、どんどん身体が弱っていく歴史である。夫婦仲も改善されない。それでも、生活に余裕が出来てからは、二人で海外旅行に行き始めたりした。しかし、ノブさんは福美さんに荷物を持たせて、自分はただ随行しているだけというので、呆《あき》れた妻は海外に行くときにも一人で行くことにした。

ノブさん遺影。（提供 小林福美）

アルコール依存症の治療にもほとほと手を焼いたという。精神科になんとか行かせたものの、薬を処方されても服用しない。ご飯はろくに食べず、酒を飲むばかりだったので、干物みたいにがりがりに痩せた。さすがに健康状態が悪くなってきたとき、息子の和仁さんが、「僕が連れていく」と御坂峠を越えたところにある病院に入れさせ、一週間、密室に閉じ込められたような時間を過ごして、すっかりアルコールを抜いた。

退院後は、福美さんも一緒に断酒会にも参加したという。この時点で、ノブさんは四千万円以上の借金があった。

「子供のころは、貧乏でしたね。両親は毎日喧嘩ばかりだし」と長男和仁さんは語る。父親について、「以前は、酒を飲んでウソばかり話していた感じだったけど、年をとってからは可哀そうになってきました」とも述べる。長年の過度な飲酒によって、健康を失った姿を見るに忍びなかったのだろうし、子供には、やはり妻福美さんとは別の視点があることを忘れてはいけない。福美夫人が語る夫の姿だけが真実であると決めつけるのは早計だろう。誰もが持っている二面性とも言えるし、アルコール依存が及ぼした性格が自分の家族に対して最も発揮された結果と見ることも出来る。さらに、百合子さんたちが付き合ってきたノブさんは、まだ若いころの姿であって、中年から晩年の姿には接していない。その違いは決して小さなものではなさそうだ。福美さんが夫の酒癖の悪さに苦しめられたことは、本当のことだろうが、武田夫妻がノブさんから受けた親切もまた本当のことなのだ。

二〇一〇年十月、ノブさんは病院で亡くなる。先に述べたが、六十九歳だった。幼少のころから、飲み続けた人生としては、長く生きたほうなのかもしれない。

『新・東海道五十三次』のなかで書かれていることで一つ、私には異議申し立てしたい箇所がある。ノブさんがスタンドの仕事をやめる理由を武田夫妻に訊かれたときに「おじさんがケチだから」というノブさんの言葉そのままに書かれている。喋ったそのまま文章にするのは、作家の筆の走りというか、浅慮に過ぎると思う。泰淳はノブさんを気に入っていて、ノブさん寄りなのだ。しかし、「スタンド」のおじさんやたつ江さんがこれを読んだら楽しくはないだろう。雇い主はとかく「ケチだ」とか言われがちである。それが世の習いに過ぎないことを泰淳は知らないのだろうか。ここらにも世間知に乏しい非常識人を感じてしまう。福美夫人は、「お祝い事のあるときに、おじさんからいろいろもらった」と感謝しているくらいなのだ。

　福美夫人の家を訪れて、よもやま話も含めて、ノブさんのことをいろいろ聞かせてもらったのは、二〇二一年十一月二十六日のことである。翌二〇二二年の七月、追加取材のため夫人の携帯に電話をした。何度も掛けたがつながらない。仕方なく、肉店の和仁さんに電話したところ、なんと、「今年の二月二十日に亡くなりました」と！　胆管癌で、見つかったときには、もうステージⅣだったという。見かけ、私と同年配かもう少し若く見えた福美さんは、八十二歳だったらしい。ノブさんへの積年の恨みを話し終え、鬱憤を晴らして安心して旅立ったというわけではもちろんない。マンションをもう一軒建てたいと話してくれていたときには、かなり計画は進んでいる様子だった。だが、体調不良で通っていた医院の誤診のため、病院で精密検査を受けるチャンスを逃したことが大事に至る原因だったようだ。

小林家のお墓は、百合子さんや私が別荘地への出入りに行き来する道路の途中にあった。船津胎内樹型に近い「創造の森」入口から歩いて数分の「船津公園墓地・富士の里」である。富士河口湖町営のお墓で、町民しか入れない。小林家の墓誌には、福美夫人の名がノブさんこと小林宣雄の名前の横に確認出来る。あれほど苦労させられたノブさんの傍らで永遠の眠りについた夫人の胸中は聞くべくもないが、墓石に手を合わせる私は、人はやはり死ぬものだなあ、去っていってしまうものだなあという感慨でいっぱいになる。半年前に、新鮮な魚が手に入りにくいこの土地のお勧めの魚屋の名前まで教えてくれた人なのである。この土地が、まだまだ発展すると、そのために事業を拡大していきたいと希望を述べていた人なのだ。その人がお骨になって、もうお墓のなかに入っているとは、現実感が今もない。

第四章　富士山麓で暮らす

別荘地としての富士山麓

〈山中湖畔からこのあたりまで、一面に生えている富士ザクラは、桜としてはチビの方で目立たないが、大げさでないところが私は好きだ。〉（『富士日記』中巻P452「富士山」武田泰淳）

寒冷地なので、富士桜が一斉に開花するのは、五月の連休の少しまえからである。胎内樹型から別荘地に向かう県道は、両側から空を覆うように花の枝がアーチを成していて、そのトンネルを走り抜けるのは、まことに気持ちがいい。この道路の沿道には、故安倍晋三元首相の別荘があり、在任中の夏場には県警の警官やマスコミ人士で賑わったものだ。

富士山の世界遺産登録は二〇一三年であった。世界遺産は三つのジャンルに分けられているが、富士山は自然遺産としては失格し、文化遺産として残ったのである。富士山の山形は、日本人だけではなく、外国人にとっても魅力のあるもののようだが、山の高さや火山としての在り方などは、いたって平凡であるという評定だったらしい。当時は、「し尿処理」でも後れをとっていたので、そのあたりも減点されたのだ。

　はっきり言って、富士山とその周辺は、東京から百キロという距離、しかも高速道路を使って九十分で到着することが出来るという利点が観光地として上位に置かれる理由だろう。小中学校の遠足の候補地としても適当で、高速道路のない時代にもかかわらず、私も中学一年のときに訪れている。紅葉台という当時は名所とされていた場所での集合写真が残っているのだ。

　富士山五合目のほか、富士五湖、忍野の湧水、氷穴や風穴、朝霧高原牧場、白糸ノ滝などの自然要素のほか、人工的な施設では富士急ハイランドが若年客を集めている。昔から、富士周辺はそうした庶民的な観光地であり、逆にいうと、そのダサさ加減がオシャレな時代の風潮には後れをとっていた。

　東京首都圏の別荘地としては、まず山か海かの二択が問われるだろう。山のほうだと、軽井沢、八ヶ岳南麓、立科（蓼科）、那須、そして富士北麓である。それぞれ、標高千メートル以上の高地にある。だいたい、千から千四百くらいが高さの範囲だろうか。ちなみに、武田山荘と私の家はほぼ同じくらいの標高で千二百くらいだろう。富士山の一合目にやや届かないくらいだろうか。

　海際だと熱海、湯河原、伊豆、内房総、外房総。外房では鴨川、勝浦、館山が人気である。まだ四十代のころ、私は妻と将来の田舎暮らしを夢見て、千葉の鴨川と館山、栃木の那須に業者の案内で見に行ったことがある。そのときは、山のほうだけではなく、海に面した房総の土地にも興味があった。海に近い土地の強みは、畑が出来ること、海産物が豊富に揃うという点にあるが、夏の日中は東京と変わらないくらい暑い。私が高原に家を持ちたかったのは、東京の暑苦しい夏から逃れたいためだから、やはり海は選択肢から外れてしまう。東京の西部にある自宅からのアクセスがよくないというのも選択から外れる大きな理由になるだろうか。

業者を介さないで見に行った土地も多々ある。伊豆の下田を妻と泊まりで訪れたとき、友人の伊豆高原の別荘で宴会をした際にも、常に頭のなかには「ここに住むとしたら」という仮定法が働いていたと言っていい。別の友人が宮古島に土地を購入したというので、見せてもらいに行ったこともある。

では、どうして富士山麓の土地だったのかというと、やはり東京から百キロしか離れていないという近さ、特に私が暮らす多摩地区から一番近いのが、山梨県側の富士山麓地帯だった。八ヶ岳山麓は冬の日照時間も長く、庭で花木を育てることも可能なので土地の魅力度では上位だが、やはり高速道路の距離だけを比較してみても、遠いのである。現在の私には、自動車の運転は退屈至極のうえに疲れるので、八王子から河口湖インターまでの距離でさえ充分に遠い。ましてや、八ヶ岳に向かうには、笹子のトンネルをくぐり、甲府を過ぎ、諏訪湖よりは手前だが、もう少し走ればもう松本なのだから、私にはもの凄く遠い。

日本の別荘地といえば、なんといっても王者は軽井沢だ。夏になるとテレビ局の「一番行きたい場所は？」という質問に「軽井沢」と答える人が多いのに、富士山麓という答えはベストテンのなかに入ってこない。富士は避暑の場所というより、合宿やキャンプ、富士急ハイランドで遊ぶとか、もちろん富士山に登ることを目的とする人たちは古来より大勢いるが、別荘地というイメージは薄いのだ。

別荘地としてのイメージは圧倒的に軽井沢のほうに軍配が上がる。軽井沢のどこに惹かれるかというと、まずは明治期に外国人が開発したという歴史から、異国情緒が感じられるということ。新幹線が走っているので、列車の所要時間が短いということも理由だろう。日帰りが十分可能なのだ。

また庶民の街である富士山麓に比べて、銀座の名店が支店を出しているなど、食べ歩きも楽しい。音楽ホールや美術館の数も多い。つまり、西洋文化のネタが揃っているのだ。

私が初めて軽井沢に踏み入ったのは、一九七三年、新潮社に入社の夏だろう。先輩編集者の使いで、南が丘という新しい地区に完成したばかりの作家水上勉の家へ原稿取りのために行ったときだ。銀座の老舗おでん屋「やす幸」が支店を出したころで、水上夫人に連れていってもらった記憶もある。富士山麓では、こうした高級店が支店を開くことはあり得ない。安倍晋三元首相が、行きつけだったという森のなかの高級中華とかは例外で、現在でも富士では基本「ガスト」などの全国規模のチェーン店と「ほうとう不動」のような地元資本で多店舗展開している店しかないと思ったほうがいいだろう。

要するに、富士山麓は庶民向きの地域であり、軽井沢は食べものでもファッションでも高級店が多く、当然物価は高く、お金持ちがよく似合う街なのである。富士山麓では、百合子さんの時代からすると、格段にスーパーの数は増えているが、たとえば美味しく新鮮な魚を手に入れようと考えても、期待通りの品は手に入らない。軽井沢であれば、それなりの対価を支払うのだろうが、高品質の食材が用意されている。

百合子さんが富士を選んだ詳しい事情は『富士日記』のなかにも、ほかのどこにも記されてはいないが、NHKラジオの「自作を語る」という番組で岸田今日子に答えているのでだいたいのことが分かった（『武田百合子対談集』所収）。

第一章の「モミの木は残っていた」で一応のことは説明したので、まだ述べていないことを少し加えよう。

泰淳が中国旅行をして以来、泰淳の体調が優れなかったという。都心の赤坂のマンションでの暮らしが、身体によくないのではと、空気がよくて日光浴が出来る土地に家を求めたかったのだと。一日中タバコを吸っている人（泰淳）に「空気がいい」もないものだと考えるが、当時はタバコの害はさほど叫ばれていなかった。登山していて、山の頂上でうまそうにタバコを吸う人が結構多かった時代だが、空気のいいところで吸うタバコは美味しいだろうと想像出来る。

富士の別荘地分譲募集を知って、武田夫妻はすぐに反応し、百合子さんがすでに所有していたクルマを一人飛ばして見に行った。案内されて山に入ったが、結構な吹き降りのため、視界も利かず、土地の検分など可能な状態ではなかったらしい。しかし、何度も来るわけにはいかないし、家でやきもきして待っている夫への報告も急ぎたいので、一本はっきりと目に入った大きなモミの木の周辺でいいや、と決めてしまった。まことにいい加減というか、思い切りがいいというか。

富士桜高原別荘地の最初の第1次分譲は武田夫妻がこの土地を契約する二年前から始まってい

る。その次の第2次分譲募集記事を読んで、百合子さんは一人で現地に飛んだのに違いない。1次は所有権の土地だが、2次は借地権の分譲だ。1次にも土地は余っていたはずだが、武田夫妻は借地権の土地のほうがいいと思ったのだろうか。

借地権の土地のほうが初期費用は安く済むし、住んでみてからしかその土地の良さも悪さも分からないのだから。もっとも、この別荘地は隣接するゴルフ場・富士レイクサイドカントリー倶楽部の会員証が無料で付いていて、ゴルフ場の会員になる人にはただ同然で土地を分譲したらしいので（無料だったという説もある）、第1次であってもそれほど値段は違わなかったかもしれない。

大岡昇平がこの土地を選んだのは、当時自宅のあった大磯から近かったこと、それと「軽井沢ほどうるさくない」という理由だそうだ。確かに、軽井沢は当時から作家の別荘も多く、付き合いの多い大岡は、近所に知り合いが少ないほうが仕事の捗《はかど》りがよかったのだろう。誤算は、「山梨の食べものは、本当にまずい」という嘆きにあるように、自宅がある大磯という鮮魚に恵まれた土地と比べるといささか分が悪かったのだ。

私は二〇一三年秋から富士の家を所有したのだが、翌二〇一四年春から京都の芸大で教授職に就いたので、一年間は東京から京都に毎週通ったが、さらに翌二〇一五年春から古都中心部に単身住むことになってしまった（『にわか〈京都人〉宣言』イースト新書参照）。

従って、富士の生活が本格化したのは、大学退職後の二〇一九年春からである。しかし、「はじめに」で述べたように、富士との縁はもっとずっと古くからあった。三十年以上前の一九八九年に青木ヶ原樹海の端の「字ジラゴンノ」という溶岩地帯で造成された小さな別荘地にログハウスを建てた。そのときから富士五湖周辺地域は馴染みのある土地になっていた。

今思い返すと、ログハウスを建てるのに使った労力と費用の一部はあっさりとドブに捨ててしまったわけで、若き日の過ちの大きさに驚くばかりである。

働き盛りの三十代の皆さんに忠告したいのは、一時の愉悦に囚《とら》われないようにということだ。我が家の場合、子どもたちが小学校に上がるまえには、家族全員で別荘暮らしを楽しめたのだが、子どもたちが小学校に入学すると、春休み、夏休み、ゴールデンウィークといった道路が混む時期にしか一緒に行けなくなってしまった。

土曜日、子どもたちと妻は来られず、一人で運転して別荘に赴き、あまりに気持ちがいいので、ビールやワインを飲んで、その日は終わる。翌日曜日は高速の渋滞を避けるために、遅くとも午後二時までに河口湖インターから乗らなければならないという不自由極まるパターンにだんだん堪えられなくなった。

そもそもは、多摩ニュータウンの団地と鳴沢村の別荘という組み合わせで住居問題は解決と考えていたのが、やはり東京に一戸建てを持ちたいという当時は当たり前だった思い込みに、だんだんと取り憑《つ》かれてしまった。団地の部屋と富士のログハウスを一軒にまとめたような理想を追い求めた結果として、都心から離れた日野市に家を求めたのだった。たった四十四坪の土地では理想とはほど遠かったのだが。

今なら別の構想を描くことが出来るだろうか。まず、都心により近い場所のマンション。子どもたちはどうせ家から離れていくのだから、決して広い必要はない。そして、クルマも必要なので、駐車場のあるマンション。そうすれば、武田一家のように東京のマンションと富士の別荘という理想的な組み合わせが可能だったろう。もっとも、駐車場代がバカ高い都心部では、クルマを持てなかったかもしれない。理想通りにはなかなかいかないものだ。

富士山の見えない場所

〈夏も秋も朝でも晩でも、この道から眺める富士山が一等好きだ。富士山の胸板にとりついて、という感じがある。うっとりする。〉（『富士日記を読む』P64「北麓初秋」）

『富士日記』では手放しで富士山を讃仰することはなかったので、おやっという気持ちになる。百合子さんが富士山に対して抱いていた気持ちは、この土地で暮らしてきた間にだんだんと変わってきたようだ。

夫泰淳には「富士山」というエッセイがあり、『富士日記』（中巻）の付録に付いているから、読むのは簡単である。

〈これら山麓の住民が富士山を愛しているのか、無視しているのか、私にはわからない。きらいであるはずはないが、「霊峰」だなどとたてまつっている様子はない。〉（P452）

ここで、泰淳が書いていることは、どの国であろうと、名所とか呼ばれている地域に住む人間たちに共通のものであるだろう。

〈私自身も、はたして富士山を愛しているのかどうかと問われても、返答に困るだろう。要するに無機物の大きなかたまりにすぎないのだから。〉（P452）

これも至って平凡な感想である。泰淳にとって、富士山はたまたま別荘地の近くにあった大きな山ということに過ぎなかったのだろうか。山梨放送「1億人の富士山」では、まだ元気だったノブさんが、次のような証言をしているのは、ちょっと驚いた。「富士が最高ではなくて、なにがこの世で最高なんだ」と泰淳が喋ったというのである。とすると、泰淳は積極的に富士山麓に別荘を持ちたいと思ったのだろうか。

だが、エッセイで「富士山が好きだ。最高だ」と告白するのは、作家として安っぽいと考えたのではないだろうか。文学的に富士山を捉え直した泰淳は、名作『富士』のなかで、富士山を物理的に描くことはなかった。

富士山と日本を重ね、桜の花などと並べて、日本の象徴として感動的に捉える向きは非常に多い。しかし、富士に松を配したら、関東の銭湯のペンキ絵になる。富士に余計な意味を付与しない富士山麓住民の認識は「日本国の象徴」というより、風呂屋のペンキ絵に近いと思われる。

山梨放送「1億人の富士山」はまだ外川さんもスタンドのおじさん、ノブさんも存命のころなので、お三方の姿が見られることは前に述べた。この番組の案内役は、現在は作家だが武田泰淳夫妻の担当編集者だった村松友視である。この人を措《お》いて、他に誰がやれるのかという好配役であった。

村松は単に武田夫妻と交流のあった地元の人たちから話を聞くというだけではなく、一つのテーマを懐いて取材に向かっている。
「富士山の麓にセカンドハウスを造りながら、なぜ、わざわざ富士山がよく見えない場所にしたのか」という、村松ならずとも疑問に思うかもしれないテーマだが、しぶとくこのテーマにしがみつくところが村松流というところか。

しかし、現在この土地に住む私にとっても、また他の住人にとっても、武田夫妻の選択は少しも疑問ではない。そもそも、自宅から富士山が真正面に見えると思っていないからである。ごくわずかだが、窓から正面に朝夕富士山の堂々たる総体を眺めることが出来る家がないことはない。武田山荘の近くで言えば、門前の道路を南、つまり富士山の方向に歩き、泰淳が『目まいのする散歩』で記した石山のまえを過ぎて、国有林（多分）に面した別荘地までいけば、裾野のほうはともかく、富士山はまるごとそこから見えるのである。

武田夫妻の山荘から、いつもクルマを停めている道路に上がるだけでもいい。そこからも富士はよく見えたはずだ。

〈夕暮、富士はすっかり見えた。ボタ山のようだ。山の体（という感じなのだ）の西半分は、入り日の照り返しでバラ色とダイダイ色に染っている。東半分は真暗く、七合目位まで灯が続いている。〉（『富士日記』中巻P160）

しかし、大方の別荘からは、背の高いアカマツの葉叢が視界を遮っていて、富士の姿を眺めることは不可能になっている。

冬場になるとマツの葉っぱも落ちるので、枝々の隙間から、富士の肌が目の前に聳えているの

武田山荘近くから見えていたであろう富士山。

だと感じ取るくらいは見えるようになる。私の家からも、晩秋、南側にドンと大仏のように居座っている山体のアタマの部分が枝越しに見える。まして、六十年まえの、別荘地の開発直後の武田山荘周辺からは、河口湖も南アルプスも見えたのだから、富士山は当然見える。

『富士日記』でも武田山荘の庭から富士が見えていたことが書かれている。

〈午後から、主人と庭の道の雪かき。真白な富士山はのしかかるようにすぐそばに見える。あんまりのしかかるようだから、それが全身光り輝いているから、一寸見ただけで、もうよく見ないで、雪をせっせとかく。〉（『富士日記』下巻P241）

しかし、富士を見るための別荘地でないことは確かなことだ。富士山の偉容を見ていたい人は、富士から適当な距離を置いた場所に家を建てるべきである。富士五湖周辺では、河口湖とか山中湖の北岸がお勧めである。

しかし、武田泰淳が富士に家を建てたのは、都心の喧噪《けんそう》を離れて、集中して執筆が出来るところを探していたからである。「1億人の富士山」では、スタンドのおじさんが、泰淳から直接、「穴倉のようなところのほうが物書きにはいい」と聞いたと証言していた。同番組では、ノブさんのもう一つの証言もある。「富士山は居間から観るものではなくて、一歩歩いてから観るものだ」と。

赤坂のマンションに夏の間、閉じこもっているのも辛かったろう。特に夏場は蒸し暑い東京を離れたかったのだ。東京のみならず、日本の都市部の人たちが全員、オフィスや自宅でクーラーを終日掛けっぱなしで暮らしているのは、現代人としては仕方がないことだが、自然に反してい

冬場、富士桜高原別荘地第3次分譲地から木立越しに見える富士。

ることに変わりはないだろう。

黒澤明映画の常連で、俳優の土屋嘉男《よしお》と交流のあった私は、氏の立科の別荘に泊まったことがある。氏は、夏場に東京にいると「頭がバカになる！」と吐き捨てるように言っていた。夏の気配を感じると、四駆の大型車を飛ばして、立科に引っ込んでしまって、その間、仕事は一切受けない。二〇一七年に亡くなった土屋は、山梨県塩山の出身で、その諧謔癖と頑固さはやはり甲州人の血を感じさせた。

少年時代、エアコンなどというものは存在せず、ウチワか扇風機でしか暑さを凌《しの》げなかった夏の景色を思い出す。ガラス戸を開け放して、室内には蚊帳《かや》を吊る。蚊帳の外には蚊取り線香の煙が漂っている。蚊帳の色はだいたいが緑色をしていて、ほかに白地の上部と下部の青色のグラデーションが綺麗な一品も記憶にある。

蚊帳のなかに入るのは、決して立ったままではいけない。裾をバタバタさせてから身をこごめて飛び込むのだ。蚊帳の表に留まって、侵入するチャンスを狙っている蚊がいるからだ。それでも、不用心な子どもたちがなかに一匹入れてしまって、蚊取り合戦になることもある。

風呂上がりに、蚊帳のなかに敷かれた布団の白いシーツの上に、裸の脚をこすりつける気持ちよさはまさに真夏の歓びの一つだった。開け放した掃き出し窓から、夏祭りのざわめきがかすかに届いてくる。逝《ゆ》きし日々の面影であるが、それが本来の日本の夏ではなかったか。

クルマで往復

〈四時起床。昨夜のうちに、花子と私のスーツケース三個とリュックサックは積んでおいた。花子寄宿舎より帰り、夏休みとなる。夏の間使うものを――野菜その他残りの食物のかご、テレビ、ギター、主人のボストンバッグを座席につめる。屋根にも食物の箱（その中には玉木屋佃煮《つくだに》、えびすめ、のり二かん、味噌、らっきょう、ようかん四本、チーズ、ぬかみそ桶などが入っている）とマットレスをのせる。スタンドのおばさんと関井さんにお中元にあげる浴衣地二反もいれた。〉（『富士日記』上巻P330）

　このように、準備と条件が整っている朝はいいが、前夜に客があり寝たのが午前一時半という次の朝は辛い。

〈今朝四時少し前に主人に起されたが、顔を叩かれても、ひっぱり起されても、背中をさすられても、ぐったりと眠ってしまう。あまりの眠さに起きるのが辛くて泣き出す。〉（『富士日記』中巻P377）

　家二軒を往復して暮らすというのは、大変な労力が求められる。冷蔵庫やテレビなどはそれぞれの家に一台ずつ置くものだが、まだ武田山荘初期の時代はテレビも持ち運びしていたようだ。セダンのクルマでは、ここに述べられているように、屋根にも載せなくてはならなかったろう。これだけの準備は百合子さんがほとんど一人でやっている。「食べさせてもらっているから」当たり前と百合子さんは言うだろうが、ひと月に何度も往復するたびに冷蔵庫の食べものを出し入れするだけでも大変なのだ。私は自分の荷物を作るのが毎回本当に苦痛である。百合子さんは、この移動の手間について、一言も泣き言を述べない。立派というより、凄い！　ことだ。

　富士の別荘地に滞在しながら、クルマがないと日常の買い物にも不便することになる。現在は、別荘管理会社の運営する無料巡回ミニバスが走っているので、地元のスーパーなどにも行くことは十分に可能だが、当時は走っていなかったのだろう。百合子さんが滞在時にそのバスを使ったという記述はどこにもないからだ。ただ、「坂の上バス停」という言葉が何度か出てくるので、何がしかのバス便があったことは間違いがない。このバス停はどこを指しているのだろうか。現在の巡回バスの停留所にはこの名前の停留所はない。巡回バスの運転手さんにも尋ねてみたが、テレビ塔の建っている辺りが坂の上なので、そこかもという答えだった。しかし、編集者が「坂の上バス停」から歩いて山荘まで来たと聞いて、武田夫妻がびっくりするエピソードがあるので、多分、そこではなく、もっと麓に近いところなのだろう。

　百合子さんは、夫に内緒で自動車免許をとった。まだ、若い時分、泰淳の実家の中目黒のお寺で生活して、卒塔婆《そとば》書きやお経なども詠んだりして、お寺の仕事を手伝っていたころらしい。しかも、大型二種免許まで持っているそうだ（『新・東海道五十三次』）。

　免許を取ってすぐに、高井戸の団地に一家は移っていく。クルマを持つことになったのは、赤坂のマンションに引っ越した一九六〇（昭和三十五）年からである。

　お寺でも大黒さんの仕事を器用にこなし、クルマを手に入れれば運転もぐずぐずためらうことがない。もともと器用な人というわけではないらしい。弟の修さんによると、子どものころから料理が得意だった記憶はないそうだが、来客の多い小説家の妻として、素早く美味しい料理を作るようになるのも早かったようだ。必要は発明の母なのである。

担当編集者村松友視によると、赤坂の武田家を訪れるときには、わざとお昼ころを狙って行ったという。百合子さんはカーテンを引いたキッチンでざっざっと作って、料理のお皿を並べたそうだ。私の想像では百合子さんの料理だけが理由ではなく、昼からビールが飲めるのが楽しかったのではないだろうか。

私も昼酒は著者と一緒だと言い訳もつくので、大いに歓迎していたものだ。執筆中も飲んでいて、早朝に一仕事終えている泰淳は昼ビールが当たり前だった。私の場合でも、担当作家の佐木隆三は午前四時から書いているので、お昼には一仕事終えている。昼に会うと必ずビールを一緒に飲んだ。打ち合わせ時には、ついつい、それを期待するようになってしまうものだ。真っ赤な顔をして、会社に戻ることもＯＫなのは、文芸編集者の特権の一つだった。

百合子さんのドライバー振りは、『富士日記』に随所に現われるし、また『新・東海道五十三次』では、泰淳の目から見た百合子さんの奮闘振りがよく分かる。次のエピソードは前述したが、もっと詳しく眺めてみよう。

「クラッチを踏むために、手と脚とをタオルで結んだ」ときのことだ。追突された後遺症がときどき現われるのだが、この日は特別ひどかった。背骨の痛みが左脚に響いてきたのだ。当時はマニュアルシフトのクルマしかないから、左脚はクラッチを踏むために絶対に使わなくてはならない。『富士日記』では次のように書いている。

〈ついにうまいことを考え出した。左膝に近いももに手拭を巻いてしばる。クラッチを切るとき

には、その手拭をつかんで左脚をひっぱりあげ、クラッチの上に足底をのせる。〉（『富士日記』中巻P270）

これはもう、「怖い」としか言いようがない。少しでもマニュアル車の運転をしたことがあれば想像出来るだろうが、ギアを変える度、停止する度にクラッチは踏まなければならない。ブレーキとほぼ同じ頻度で使うのがクラッチだ。クラッチに巻いた手拭いを引っ張るごとに、左手をハンドルから離すわけである。こんな危険な運転を止めさせなかった泰淳もトンデモナイというか、非常識というか、とにかくこれほど大胆な運転者（百合子さん）はなかなかいないだろう。

私の場合、果たして何歳まで運転出来るだろうかというのが、妻との話題である。現在のように中央高速がほぼ一直線に河口湖インターまで連れていってくれる状態でも、道のりはなかなかに遠い。たかだか百キロと先に述べたが、運転というものは、漫然と出来るものではなく、神経も目も酷使しなければならない。百合子さんは、高速が出来て便利にはなったが、時間はさほど変わらないと書いているが、それはどうだろうか。一般道は、道幅狭く、信号が多く、左折車、右折車もあって流れをせき止める。今でも最低一時間は余計に掛かるだろう。

我々に比べて、百合子さんのハンディキャップはお話にならないくらい大きい。出発の荷積み、早朝の出発、道路の不備、クルマの故障。自動車そのものの技術がまだまだ開発途上だったせいか、オイル漏れ、オーバーヒート、パンク、原因不明の故障など多発している。真夏と真冬では、故障の性質も異なっている。百合子さんは日産車を贔屓《ひいき》にしているが、メーカーのせいで、故障が多かったとは思えない。ノブさんによれば、百合子さんの運転は相当荒っぽいそうだが、横に夫を乗せての運転だから、それなりに慎重に運転しているように思える。

一九九〇年くらいに私が富士のログハウスを所有していたときには、冬場にはクルマの冷却液のなかに不凍液を入れておくことは常識だったが、現在ではクルマも進化していて、冬でもほかの季節同様、不凍液の濃度を上げる必要はなく、そのまま放置しても大丈夫になっている。

百合子さんの場合、パンクも多発している。私など運転歴は数十年になるが、一度もパンクを経験したことがないし、従って、自力でタイヤ交換したことは一度もない。

百合子さんは、夫がクルマに関して無能なので、全部ひとりでやるのだ。

〈パンクしても、ジャッキをあてがい、タイヤをはずし、トランクから別のタイヤを持ち出し、車体の下に身体を横たえたりするのも、彼女の役目だ。〉（『新・東海道五十三次』P100）

傍《はた》から見ていると、夫泰淳の「妻使いの荒さ」が目についてしまって、親しい友人のなかには意見をする者も現われる。学生時代からの親友竹内好は、三人でロシア・北欧旅行をしていた道筋で、次のように泰淳に説教をする。百合子さんに「酒を買ってきてくれ」とストックホルムの町中に追いやったあとのことだ。

〈お前は女房を使いすぎるぞ。いけないぞ。彼女は帰って来ないかもしれない。〉（『犬が星見た』P281）

ここで当時の地方での事情を述べておいたほうがいいだろう。『富士日記』を読んでいると、山荘を訪れた誰彼なしに酒をふるまっている。百合子さんも一緒に飲む。そのあと、職人や東京から訪ねてきた文人たちもいわゆる「酔っ払い運転」をして、クルマを運転して帰っていく。百合子さんも、酒を飲んだまま客人を乗せて、ホテルや河口湖駅まで運転していく。

今の時代なら、飲酒運転は大いに非難される行動だし、当時は取り締まりが緩かったことは事実である。ことに、クルマなしでは生活が出来ない地方、富士山麓のような土地では大目に見られたことだろう。だが、杓子《しゃくし》定規に「そんな不道徳な違反を許していいのか！」などと『富士日記』の読者が怒っていると聞いたことはない。

飲酒運転をもちろん推奨はしないが、「不倫」と同じように良識と法律を盾にとって、最低の人種のように見下す風潮はどうかと思う。この土地の人たちも、酒を飲んで運転するのはいけないことで、法律に触れることも承知である。しかし、止むに止まれずに飲み、止むに止まれず運転するのである。

外川さんの一つのエピソードを思い出してほしい。冬場、東京に出向いて帰ってくるまえに、あまりに寒いので、日本酒だかビールだか三、四杯引っかけた。そうしたら、白バイに停車を命じられてしまった。飲酒運転ということが、バレないようにひたすら平身低頭して、酒臭い息が漏れないようにしたと。この程度のことでも、現在では自慢にはならないが、当時は笑い話の範囲に入ったのだ。

『富士日記』のなかで、酔いの回った百合子さんが、一人で別荘地をクルマでぶっ飛ばすシーンが描かれている。『富士日記』中でも最高にハイなシーンである。

〈酔って夜遅くスピードをあげて山の中を運転する素晴らしさ。お巡りさんも白バイもいない。両手を放して運転してみる。〉（上巻Ｐ372）

世の良識派にザマーミロと言いたくなるような、まことに素直な背徳表現である。チェーホフの短篇を「不倫の小説」としか読めなかった、私のかつての教え子たちにも言いたい。文芸は基本反道徳、反良識のものなのだと。ちなみに別荘地内の道路は私道に属するが、百合子さんがその夜走った道路は多分県道なので、道交法が適用される範囲である。

　夫泰淳の死後、しばらくして百合子さんはクルマを処分してしまい、運転も止めてしまったと娘の花は書いている。「しばらく」がどの程度の長さだったかは分からない。大岡昇平に「運転しているとき、助手席に夫がいないことに気づいて、涙が湧く」と話しているのだから、数年は自分のクルマを使い、富士にも一人で通っていたのだろう。

　夫が亡くなったときからほぼ一年、翌年の八月まで来なかったのだが、それ以降は富士通いが復活している。七月からやってくる大岡家よりも早く梅雨の六月には山荘で暮らしていたようだ。『成城だより』のなかで、ある日武田山荘を訪ねると、当時結婚していた花の夫が屋根のさび落としをしていたという記述もある。

　深沢七郎との対談でも、運転を止めた事情を語っている。クルマを手放したのは、眼が悪くなったからだという。「悪い」というのが、どのように悪かったのかまでは分からない。後年の写真では、ほとんど薄いサングラスを掛けている。眼が悪くなったからなのだろう。

　二〇一七年に刊行された『あの頃 単行本未収録エッセイ集』を読んでいると、不意打ちのように他のエッセイには書かれていない事実が述べられることがある。眼が悪くなったのは本当で肝臓の不調とほぼ同時期だったとか。眼科医にも通っている。ネットで私が調べたところ、肝臓が悪いと毛細血管だらけの眼球も具合が悪くなり、視力にも影響が出ると述べているサイトがあった。眼が悪くなったのは、肝臓病に原因があったのかもしれない。

一九八六年、奈良の大仏に初詣の祈願をしたときには、〈大仏様、眼をよくして下さい。肝臓も。と、私は拝んだ。〉（「西京元旦」）とある。本気の深刻さだ。

自家用車を手放したあとは、河口湖駅までバスで来て、タクシーを使って、山荘に辿りついていたとのこと。滞在中は麓まで降りて、買い物をするのもタクシーを使っていたのだろうか。そのあたりになると、もう証言がない。

花のエッセイにある、「富士への往復は、高齢の大工さんのワゴン車に乗せてもらっていた」というのは、最晩年のことではないかと私は推測している。大工さんとは、『富士日記』に登場する、色ガラスの窓を作った高橋のことだろう。

そもそも、百合子さんは運転が好きなわけではなく、得意でもなかったのだ。武田夫妻はガスライターのガスの入れ方を知らない。大岡昇平が呆れたとき、百合子さんは言う。〈「私は自動車きり、それも自分の自動車きりしかよく出来ない」〉（『富士日記』下巻P34）と。自分の自動車も夫泰淳を乗せて富士を往復するために義務として運転手をやっていたわけだ。

ところで、常に助手席に座っていた泰淳は、大岡昇平が述べているような、鬱屈はなかったのだろうか。自分が運転出来ないという劣等意識はなかったのだろうか。『富士日記』では片鱗もそれに関する言葉は見られないが、『新・東海道五十三次』に述懐されていた。

〈彼女は、痛みのため沈黙していた。私は、運転のできない男の悲哀。いや、そればかりでなく、いざとなったとき、万事をN君に委《まか》せ、彼のはたらきで万事が解決され、私自身が何ら行動らしきものをしなかったことが、救いがたい私の生まれつきであると感じられてくるのだった。〉（Ｐ318）

N君とはノブさんのことである。上野原で熔岩を積んだトラックに追突され、スタンドのノブさんに来てもらったときの泰淳の内心にはこうした鬱屈があったのだ。

犬と猫

〈ポコのお墓の真上に、いつもうすい星と濃い星が出る。あいつはもう、どんなになっただろうか、少し腐っただろうか、と思う。涙もそんなに出なくなった。もう一度、犬を飼おうか、と思ったり、生きものはもう飼わないで暮そう、と思ったりする。〉（『富士日記』中巻Ｐ159）

愛犬ポコの死のエピソードは『富士日記』のなかでも、最も劇的な悲しみのシーンになっている。百合子さんの悲嘆があまりに激しいので、泰淳の心にも深く響いたことは、小説『富士』の終章「神の指」にこのエピソードを持ってきていて、しかもその章の後半をポコの死で埋めていることが証明になるだろう。『富士日記』が世に出ていなかったら、『富士』のエピソードは泰淳の純創作と映っただろうか。

ポコの死が、老衰や病気によるものだとしたら、武田夫妻の悲しみはもっと軽い、諦めのつくレベルだったろう。クルマで移動するときに、通行人などにうるさく吠えるので、やむなくバスケットに閉じ込め、トランクに入れていたのだが、バスケットの隙間からやっと首を出したところ、クルマの振動で頸《くび》が挟まり、どんどん絞めていってしまったのだ。これが、「自分が殺してしまった」という激しい後悔と罪悪感、ポコへの詫びの言葉の奔流となって迸《ほとばし》ったわけだ。

　小説『富士』では、百合子ではなくマリという名前の妻が「山中日記」を書いていることになっている。その日記はもちろん百合子さんの『富士日記』と同じものだが、『富士』においては、泰淳の側から述べているので、埋葬のあとの百合子さんの様子が、深い悲しみなどという生やさしいものではなかったことが分かるのである。「慟哭《どうこく》」という言葉の意味が初めて分かったというほど激烈な感情吐露だったのだ。

〈しかし、埋葬がおわって一夜あけるまでの彼女の心境はこのように、あきらめのよい、落ちついたものではなかった。火山灰のまじる泥をかぶせて塚らしきものを盛り上げてから、妻に私の涙を見せると彼女の涙をさそうばかりなので、日が暮れるまで、私はただ無意味に、庭の草むしりに精を出した。〉（『富士』［旧版、以下同］P621〜622　中公文庫）

『富士日記』では、少なくとも泰淳の「涙」については語られていない。慟哭する百合子さんだけではなく、泰淳も胸を抉《えぐ》られるような悲しみのさなかに置かれていたのだ。

　猫のタマが登場するのは、ポコの死から三年以上経った一九七〇年十二月からである。タマは、子猫のときに花が銀座で拾ってきた猫だという。この土地に初めて連れてこられたときには怖がって、様子が分かるまで外に出ようとしない。声が嗄《か》れるまで鳴き通しに鳴く。しかし、すぐに順応するのが動物だ。翌日夕方には、まずは片足、すぐに全身をテラスに踏み出すのである。武田山荘近くの小動物にとっては、恐怖の狩人タマの誕生だ。

タマは土地に慣れてくるにしたがって、虎やライオンの血筋を発揮し、小鳥やリス、モグラ、ウサギなどを生け捕りにして、遊び殺してしまうようになる。ご主人に褒めてもらいたくて、口にくわえて見せにくるのだ。泰淳は「怒ってはいかんぞ、褒めてやるんだ」と百合子さんに言い聞かすが、そんなことは釈迦《しゃか》に説法に思えて、読者たる私は泰淳の「非常識」というあだ名を思い出してしまう。

その泰淳もタマが小さな蛇をくわえてきたときには、書斎の扉の向こうに逃げ出してしまうのは笑える。小動物には勇ましいタマだが、弱みもある。家族以外の人間には弱いのだ。

〈タマは皆が歌いはじめたころから庭へ出て、真暗な草の茂みにじいっとうずくまっていた。動物というのは、何て一人ぼっちのものなんだろう。〉（『富士日記』下巻P278）

百合子さんは、タマのなかにも動物の本質的な孤独を見つけている。こういう飼い主に巡り合った犬猫は幸せである。


私の家では家族が動物好きなので、四匹の猫を飼った。このうち、妻が散歩のときに付いていったのは、マオとチョビという元野良猫二匹だけで、残りの二匹は自宅のデッキに出るくらいで家のなかから出ようとはしなかった。動物も人間同様の個性があると、飼ってみて初めて分かる。

十五年我が家にいた黒柴のテルは雄だったので、外来者が来ると激しく吠え、番犬としては優秀だった。優秀過ぎて、一度、宅配便の男性を噛んでしまったこともあるほどだ。壮年期には溢《あふ》れ出るエネルギーを持て余すような元気な犬だったが、白内障になって目が濁ってきてからは急速に衰えた。

中古の家を富士桜高原別荘地に買い求めた年の暮れ、老犬テルも連れて来ざるを得ず、クルマの荷物の間に積んで運んだ。あと数日で大晦日というときだった。もう散歩どころか、食欲もなく、生命の灯はいつ消えてもおかしくはなかった。その夜、一声啼《な》いて、床に崩れて息絶えた。

幸いにも移動火葬車を手配出来たので、次の日の昼間、管理事務所前の空き地で焼いてもらった。大きな犬種ではないが骨太の犬だったので、残った骨は結構多かった。人間だけではなく、動物もどの土地で天に召されるか予測は出来ない。

結局一番長生きしたマオは飼い始めてから二十年は経っていた。人間の寿命で計算すると百歳は超えていただろう。マオは日野の家で死んだが、富士の家の庭に葬ろうということに決めた。だが、富士の家の土のなかに葬ったときに、一つ失敗をした。『富士日記』では、ポコを埋めるときに、ポコの体をタオルと毛布で包んで穴のなかに入れようとするが、泰淳が諫《いさ》める。直接土に触れたほうが、早く土に還《かえ》るからいいのだと。私たち夫婦がマオを葬るときに、うっかりネットの「ペットの埋葬の仕方」というようなサイトを見てしまったので、その勧めにしたがって、遺骸をタオルでくるんでしまったのだ。タオルは、いつまでも腐らず、生物が土に還るのを邪魔する。私は、要らぬ形式を推奨するこうしたネット情報の勘違いに腹を立てたが、常識に立ち返ればすぐに判断出来ることだった。

さて、犬のポコを早死にさせた分、身体の大きな猫のタマは、普通の飼猫の一・五倍ほども長生きする。武田家で十九年以上も生きたのだ。

そのタマを失くした日のことは『日日雑記』で述べられる。タマもまた我が家のテルのように、死ぬ直前に「もう行きますよ」と宣言でもするようにひと鳴きする。そして、たいてい飼い主が目を離した隙に最期の息を吐いて死ぬ。百合子さんのタマも百合子さんの入浴中に死んだのだ。

犬猫だけではなく、動物一般の葬式を手掛けているお寺は少ない。というか、私は一つしか知らないが、それは東京都府中市にある慈恵院だ。百合子さんは、『日日雑記』のなかで「多摩の犬猫供養寺J院」と述べているので、慈恵院に間違いないだろう。府中市のその臨済宗寺院は、供養をするだけではなくて、焼き場も備えていて、遺骸を焼いたあと、焼き上がりの骨を見せ、各部位の説明をしてくれるのは人間の場合と同じである。それで終わりではなく、別室で僧の読経を受ける。ここには「多摩犬猫霊園」という国内最大級の墓地も備わっている。

百合子さんは、焼き場の係りのおじさんに、焼きあがった立派なお骨を褒められて、嬉しそうだ。「骨まで褒めて貰って」とお礼を言う。百合子さんは常におじさんたちの受けがいい。

このお寺は、私たちがヒナという愛猫を焼いてもらったお寺でもある。ヒナは家族に特別可愛がられた猫だったので、五万円ほど払って、このお寺に葬儀を任せたのだ。骨壺に入ったお骨は持ち帰ったが、百合子さんたちもタマのお骨を泰淳の位牌の横に置いていたそうだ。百合子さんが亡くなったあとは、両親の位牌、ポコの墓の上の木の枝、タマの骨壺を並べて置いてあると花は記している。

森の小動物たち

〈帰り、ゴルフ場の林の道で、山兎が灯りに驚いて草むらからとび出た。林の中に逃げこまないで、道を真直ぐに走り続ける。車の前を走り続ける。一生けん命走るので気の毒になり、速度を落して、あとからついてゆく。車灯に照らされた兎は、白いお尻をつきたてて、黒茶色の毛をした、まだ若い兎だ。ときどき立止って振り返ったり、お尻を立てた後姿のままで待ったりする。車をとめると、不思議そうに振り返って待っている。しばらくそんなことをくり返してから、やがて左のくさむらにとびこんだ。入ったあたりで車をとめると、くさむらの中で、じっと、こっちを視ているような気配だった。私は急に涙がこみあげて「長生きをおし」と、くさむらの中の兎に、眼で言った。〉（『富士日記』中巻P199〜200）

愛犬ポコの死からちょうどひと月。ここには、触れられていないものの、兎のけなげさにポコが重なっていることは明らかだろう。家族にしか馴染まず、他人が寄ってくると気が狂ったように吠え立てたポコのいじらしいほどの真っ直ぐな眼が思い出されるのだ。

武田山荘には、数え切れないほどの小鳥や小動物がやってくる。動物好きの百合子さんは、その一々を細かく観察している。

毎年、戸袋に四十雀《しじゅうから》が巣を作っても、邪険に取り除いたりはしないし、雛《ひな》が死んでいたりすると心を痛めるのである。

リスには餌付けまでしてしまう。リスは、チーズのほうを先に持って行くそうだ。リスが食パンやチーズを食べることを、『富士日記』で初めて知った。

ある年の九月、食堂のガラス戸に口を押しつけて覗き込んでいるリスがいる。ロースハムの屑をテラスに出しておくと、そのリスは何度も来ては持ち去っていく。そこで、百合子さんははっと思いつく。リスではなくイタチなのではないかと。口先が白く、顔が「商人風」であることがその証明だと。「商人風」は言い得て妙である。イタチの写真を確かめてみたところ、なるほど、そんな雰囲気を漂わせている。だが、そんなとぼけた顔付きとはうらはらにイタチは、鶏でさえ襲うほどの凶暴な肉食獣なのである。しかも、リスよりも雑食性が強いので、何でも食べてしまう。百合子さんが、夜にテラスに大量の食料を出しておいても、朝にすべてなくなっていたのはイタチのせいだったのだと気がつくのはこのときだ。

『富士日記』に虫についての記述は少ないが、「大食いの蜂」のエピソードはかなり笑える。食卓にぶどうを出しておくとやってきた蜂。ときどき飛び去ってはまた来る。背中に赤いマジックを塗っておくと、こんどは蓋を開けておいたジャムや蜂蜜にもやってくる。全部、この同じ蜂だというので、泰淳に報告すると、「百合子にそっくりだな」は上手い！

トイレの壁に貼りついた青蛙の話も心に残る。何日もずっと同じ場所に留まっているのだが、ある日ふっといなくなるのである。

動物にも虫にも優しい百合子さんだが、カミキリムシだけは憎んでいる。見つけると、足で踏み潰すと書いている。樹木に穴を空けるゴマダラカミキリのことだろうか。山地には小さな綺麗なカミキリムシが多種類いるが、私がゴマダラを見たのは一度きりだ。

　私が問答無用で叩き潰すのは蚊と蠅《はえ》だが、高原別荘地でありがたいのは、ヤブ蚊がほとんどいないことだ。夏にベランダで休んでいても、蚊の襲来を気にする必要がまったくないのは、本当に安楽な気分にさせてくれる。

　第3次分譲地の私の家には、武田邸のように沢山の動物たちが姿を現わすことがない。痩せたエゾリスを何度かは見かけているが、近寄ってこないから餌付けなどとても出来ない。百合子さんの敷地と同じなのは、モグラと春から夏にかけて樹林帯を潤すウグイスの声くらいのものだ。ウグイスといえば、四十雀、五十雀《ごじゅうから》、キビタキ、アカゲラなどはよく来ていたが、最近は見かけなくなっている。

　夏場に隣地を含めて、敷地に草刈り機を掛けたので、小鳥が来にくくなってしまったのだろうか。しかし、秋口にキジが五羽（オス二、メス三）やってきて、長いこと地面をつついていた。キジは麓でも見掛けるし、私の自宅がある日野市浅川の河原にも生息しているので珍しくはないが、それにしても五羽の共同行動は初めて見る。

『富士日記』では、蟬《せみ》の話題はあっただろうか？　今、別荘地全体で、蟬が増えている。ほとんどエゾゼミだが、時折ヒグラシとツクツクボウシの鳴き声も交じるようになった。富士山噴火の脅しもものかは、この山地でもあちこちで大木が切り倒されて、新たな別荘が建てられていて、陽光が多く差し込むようになり、温暖化が進んだせいかと推測している。蟬は麓から上がってきているのだろう。

武田山荘から北方向に坂道を降りると、舗装されていない道路の先は一面の樹林帯だ。ここは村有林だそうなので、未開発のまま残っている。小鳥や小動物の住処《すみか》としては最適な地帯である。山荘に入れ替わり立ち替わり現われる動物たちは、ここで棲息《せいそく》していたに違いない。猫のタマもこのなかに入り込んで、ウグイスなどを捕まえてきたのだろう。

雨の日

〈ここに暮していると、空や空間が広いからか、雨が一日中降ると、雨の中に浸されてしまっているような気分になる。水の中に沈んでゆくようだ。いまごろの雨を「卯の花腐《くた》し」というらしいが、ここのは、それとも違う。何といったらよいかなあ。雨マルケ、とでもいうかなあ。〉
（『富士日記』中巻Ｐ119）

実は、この土地は雨の日が多い。その証拠に、この土地の地面は乾くことがない。朽ち葉が積み重なった地面は水を吸ったままなので、いつでも湿気《しけ》っている。雨は、冬場には少なくなるが、夏場には長く滞在していると結構雨天の日が多い。梅雨が長引く年などは、いささか気持ちが腐ってくる。秋口にも雨が多いので、四六時中雨に降られて暮らしているように思ってしまう。だから、雨のあと、晴れ間が現われたときの喜びは大きい。まだ濡れている樹々の葉っぱが黄金色に輝きだす瞬間の美しさは得も言われない。これこそが、森林のなかで暮らす歓びの最たるものだろう。

海外の高原と日本のそれの天候は似ていない。湿気が多いのは、日本固有の気候であるから、決して富士だけが湿気が多いわけではない。軽井沢は富士と似たような気候である。作家水上勉は、長らく軽井沢の別荘に暮らしていたが、心臓の三分の二が壊死してからは、より湿気が少ない小諸に移っている。小諸の家は標高が低く、冬場が過ごしやすいということも理由だった。

富士桜高原は、麓の富士河口湖町からは、三百メートルほど高いので、気温はほぼ同じ標高の山中湖村の数値を参考にしている。降水量の年間気候データを東京と比べてみると、意外にもこの土地がとりわけ雨が多いということではないようだが、樹々に囲まれ、天気の変わりやすい山地なので、そう感じてしまうのだろうか。

〈「左様。まったく。ここの雨は陰気の極みですな。それはですな。東京の雨は天から真直ぐにサーサーと降りますが、ここの雨はいったん木の枝葉に降って、そこからぽたりぽたりと雫が落ちる。これが底なしの陰気の原因ですなあ」と、たちどころに分析されたので、さすがは弁護士さんだ、と私は深く感心したのである。〉（『日日雑記』P223）

泰淳、大岡亡き後、百合子さんは大岡山荘の近くに住む弁護士のD氏と立ち話をした、その際の会話である。D氏は、奥さんを失くして独り身であり、さらに仲の良かった大岡昇平を見送っているし、百合子さんは夫不在の山荘で雨の音を聞いている。それぞれ、雨模様以上に胸のなかが寂しいわけである。だから、D氏の唱《とな》える「底なしの陰気」説は、笑って済ませるしかないように思う。

子供のときから、私は雨の日が好きではなかったが、百合子さんと同様、家族や知人、友人の死を数多く体験している身としては、どこにいても雨の日はますます楽しくなくなっている。樹林のなかの雨がさらに寂しいのは、百合子さんと同じである。

泰淳が亡くなった年の夏、一九七六（昭和五十一）年の八月三十日は、雨が降っている日だった。夫が寝ている部屋のコタツに入りながら、「さびしいなあ」と百合子さんが呟くと、「さびしいなんていっちゃいけない!!」と泰淳は語気荒く叱る。いつもは、冗談交じりなのに、夫のその言葉に百合子さんは少し傷つく。だが、このふた月後には、泰淳はこの世の人ではなくなってしまう。体調が思わしくないときに、「さびしい」という言葉が病人には応えたのだ。

冬場の寒さ、夏場の冷え

〈昨夜の冷えこみことにひどく、台所の水道はついに出なくなる。毎晩止水栓を閉じて蛇口を開き放し、空気を吹きこんで管に残っている水を払っているのに、この通り、凍ってしまった。灯油用のサイフォンで熱湯を蛇口から送りこんでも効きめなし。〉（『富士日記』上巻P228）

標高千メートル以上の寒冷地で冬を過ごす別荘族は現在でもさほど多くはいないだろう。かといって、暮らせないわけでは決してなく、富士桜高原別荘地には定住者も相当数存在する。私の家のお向かいも我々夫婦より数歳上のご夫婦で定住されて、十年以上になるはずだ。

百合子さんたちは、泰淳が脳血栓で体調を崩すまでは、冬場も山荘で暮らすことが多かったが、冬場にマイナス十度にもなることもある土地での暮らしは生活と健康への負担が大きい。

私の場合は、十二月の末、つまり年末からお正月が明けるころは滞在したことがあるが、一月から三月中旬までの山暮らしは経験がない。寒さが応えるというよりも、雪が降ったり、道路が凍結することが面倒だからだ。私は冬用のタイヤを持っていないので、山から里への往復に不安が生じる。巡回バスを使えば食料などの買い物は可能だが、自家用車が使えないと、山を下りて灯油を補給するのも自力では出来なくなってしまう。

富士桜高原は、豪雪地帯ではなくほとんど雪は降らないが、年によって、二メートルくらい積もった冬もあったので、油断は出来ない。季節の気まぐれが激しい現在では、四月以降に訪れるのが無難である。

百合子さんたちが暮らし始めたころは、管理所の認識も甘かったようだ。寒冷地では冬場、夜間、眠っているときはもちろん、日中でも水道の水は出しっぱなしにするのが常識中の常識である。水道は台所、洗面所、風呂場という最低三カ所は出しっぱなしにしておかないと、水道栓のなかの溜まり水が凍ってしまう。出しっぱなしといっても、ちょろちょろと細流にしておくだけだ。

河口湖や吉田の街では、凍結はしなかったのか、管理所の人が「水を出しっぱなしにしておいたほうがいいという意見が出ている」などと暢気《のんき》な助言をするのは、百合子さんたちが山荘を作ってから五年目の一九六八（昭和四十三）年の一月なのだから、ちょっと呆れてしまう。住人はともかく管理所の人たちでさえ、その程度の知識しかなかったのだ。

〈今夜から止水栓はしめないで、台所や風呂場の水道の蛇口をゆるめ、水を少しずつ流しっ放しにしておくことにしてみる。その方が凍らないらしい。〉とあるのは、山荘生活六年目の一九六九年十二月である。

　そもそも、冬場に備えて家を立ち去るときには、水道管から水を抜いていかなければ、水道管が凍って破裂してしまう。当時は、どうやら水抜き栓も整っていなかったようだ。『富士日記』で水抜きの作業をする様子は描かれていないので、そうとしか判断出来ない。

　私の家には水抜き栓が家の周りにぐるりと九カ所あって晩秋立ち去るときに管のなかの水を抜いていくのだが、家のなかの水栓にも水抜き栓がついている。水抜き、通水の手順は相当にややこしいので、家族のうち誰か一人が「水抜きマスター」になることが必要である。

　実は夏場にもストーブを焚かなければならないほど冷える日がある。つまり七、八、九月にも朝夕だけではなく、日中でも焚き続けなくてはならないときがある。もちろん、四、五、六月には当然そういう日が増える。ＦＦという排気ガスを外に排出する石油ストーブがワンタッチで点火するので毎朝、真夏以外はたいていこれを使う。

〈その晩、「こんなに寒くてはバカバカしい。俺も帰る」と、武田はいいだした。〉（『文藝別冊総特集　武田百合子』Ｐ19「富士山麓の夏」）

『大岡昇平集』の月報に百合子さんが書いたこのエッセイと同様の記述が『富士日記』では一九七六年九月七日の項に書かれている。泰淳が「俺も」と言ったのは、その数日前に〈前は寒くなったらなったでダンロに火なんか焚いて楽しんだけど、この頃、寒いの我慢するのなんかバカバカしくなった〉（『富士日記』下巻Ｐ413）と大岡が口走っていたからである。

泰淳はこの言葉から数日で東京に戻るが、とうとうそのあと山に来ることはなかった。ほぼひと月後にこの世を去ったからである。

メンテの日々

〈十時ごろ、管理所より雪害で折れた浄化槽の煙突を直しに来る。毎年折れるので、根元からプラスチックのにとりかえることにする。〉（『富士日記』中巻P275）

『富士日記』では、毎年のごとく、山荘の新規工事やメンテナンス工事について述べられている。初期のころ、特に多いのは、下水浄化槽の「煙突折れ」である。五十年以上まえになると山のなかの別荘地では、汲《く》み取り式のトイレが多かったろうが、武田山荘ではもう浄化槽になっていた。浄化槽というのは、初期はトイレの排水だけを溜める単独浄化槽だけだったが、現在では生活排水全部を溜めて浄化する合併浄化槽が一般的である。武田山荘ではまだ単独浄化槽だったのだろうか。ただ生活排水をどこに流していたのかという疑問が残る。富士では一定基準に浄化された水は、土中に放水浸透する方式だから、やはり、すでに合併浄化槽だったということも考えられる。

浄化槽というのは、流し込んだ廃物を自然発生する微生物に任せて、汚水を浄化し、排水管に流すか、地中に染み込ませる方式のものである。ただ、分解出来ない固形物は槽の底に溜まるので、毎日使わない別荘であれば三年とか四年に一度、そうした汚泥を業者のバキュームで抜き取ってもらう。また浄化槽の表面に空気を吹き付ける装置ブロワーを一年中回すことが必要である。微生物に酸素を供給させるため、空気を送り続けなくてはいけない。冬場に浄化槽内の水を凍らせないようにする役目もある。ブロワーは人間の心臓のように休みなく動いている。

ただ、そのため、空気が逆流して排水のパイプから建物内に戻ってしまう弊害が生ずる。従って我が家では、風呂のバスタブの排水栓などは開けっ放しには出来ない。臭気が入ってきてしまうからである。

百合子さんの家の場合、年代が古いので、浄化槽の構造が違っていて、ブロワーというものは、まだ取り付けるような指定がなされていなかったのだろう。『富士日記』のなかにブロワーの記述は一切ない。ただ、ブロワーのあるなしに限らず、臭気は周辺に漂うもとになる。臭気を途中でブロックするための排水管のタメもなかったのかもしれない。臭気が排水管を逆流して上らないように、浄化槽に煙突が設けられていたのはそのためだろう。

武田山荘では、毎冬雪が降ったあとに、春に訪れると、浄化槽の煙突が必ずといっていいほど折れている。見事なほど、毎年折れるのには呆れてしまう。現在、富士桜の別荘地でこうした臭気抜きの煙突を見ることはほとんどない。私が散歩中に確認したのは、一軒きりである。

購入した時点で中古の我が家は築十三年、しかもご当主が病気で倒れて以来、ほとんど使用されていなかったそうで、腐ったデッキを筆頭として、直さねばならない箇所がいくつかあった上に、電化製品、暖房器具など次々に故障していったので、施工した積水ハウスを始め、ずいぶんと業者の世話にならざるを得なかった。

新品に交換せざるを得なかった電化製品は、ＦＦ石油ストーブ、冷蔵庫、エアコン（小部屋で冬場にだけ使用）、洗濯機などだが、水回りの故障は何度もあったし、トイレも取り替えを検討中である。雨漏りトラブルが二年続いたときは、ほとほと困ってしまった。しなくてもいいようなメンテもあった。天窓が二枚あるのだが、ほぼ独占メーカーの定期メンテを頼んだら、八万円以上請求された上に、その後すぐ北側の天窓から雨漏りが始まった。この雨漏りを直したのは、大月の屋根屋さんであって、八万円さらっていった天窓のメーカーではなかった。バカヤロー！　である。

庭仕事

〈主人は待ちかねたように、草刈りをはじめた。私もすぐそばで草を刈る。白い小さい蛾が一杯舞いたつ。〉（『富士日記』下巻Ｐ270）

別荘生活というと、第一に浮かぶシーンはなんだろう。デッキでコーヒーカップを傾けながら、周囲を取り囲む森林を通して流れてくる涼しい風を頬に感じ、高原の夏を味わっている風景。あるいは、庭先のバーベキューコンロの炭火の上で肉や野菜をジュウジュウと焼き、ビールのグラスを傾けている、またあるいは、少し冷える季節には、ストーブに放り込んだ薪がぼうぼうと炎を上げているのを扉の耐熱ガラス越しに見ているといったイメージだろうか。

これらの情景はまさにその通りなのだが、そこに特別の歓びを見出すのは、都会で毎日忙しく働いている人が、ほんのたまに別荘を訪れるときに限る。

会社勤めからはリタイアして、長い期間を山で暮らせるようになると、過ごし方が変わってくる。旅行者の立場から、生活者の日常に変化するのである。

毎日、薪ストーブを焚いている身には、「炎を見ているだけで心が安らぐ」なんて述懐は過去の思い出になってしまう。大岡昇平の前述の言葉にあるように、ストーブの炎を楽しむのは、たまに来る「お客さん」目線に過ぎず、毎日そこで暮らす生活者の実感ではない。生活者にとっては、薪を焚くというのは、日常の暖房手段に過ぎなくなる。

私の場合、薪は自分の土地に聳えていたアカマツやミズキを切り倒したもので、プロに伐採料を支払っているため、本当は無料ではないのだが、使用する時点では石油や電気のように燃料代が要らないもっとも廉価な暖房である。

武田夫妻の山での生活を見てみよう。作家の夫は、基本、食事、洗濯、掃除などの家事は一切やらない。家のメンテも妻任せであるが、庭の草や枝を刈ることは運動代わりにやっている。庭に出る一番の目的は日光浴である。

百合子さんは、夫の仕事を最優先して、それをいかに邪魔しないで生活出来るかを考えて毎日を過ごす。バタバタ家のなかや周囲を走り回って、家事やメンテに対応している。一番大事なのは、夫と二人の食事のことであるのは、毎日献立が書き連ねてあるのがその証明だ。次に買い物、これも何を買ったのか、いくらだったかを丁寧に記録している。

しかし、『富士日記』に書かれていないことも多いはずだ。洗濯物のことは書かれていないと記憶する。ストーブについても、記述が少ない。床が傾くほど重量のある大きな暖炉があったようだが、薪を投じるのはめったにないことだったのではなかろうか。石炭を使ってもいたようだ。実用というより、飾りとしての暖炉だったのだろうか。暖房方法はほとんど石油ストーブだったようで、寒い時期には四台稼働し、トイレにも一台入れて、一日中焚いていると述べられている。

百合子さんの時代から半世紀以上経った私の庭仕事のことをお話ししてみよう。

私も物書きの端くれなので、午前中はパソコンのまえに立っているか、座っていることが多い。「立っている」と述べたのは、座りっぱなしでは健康に悪いので、台を置いて嵩上《かさあ》げし、パソコンを立ち姿勢で操作することもあるからだ。

昼飯のあと、糖尿持ちなので、近隣をウォークに出掛ける。短くて二十分、普通は一時間ほど早足で歩く。富士山の裾野なので、基本平坦な道ではなく、下りと登りだけである。行きはダダッと下り、帰りは喘《あえ》ぎながら急坂を登り返すという感じになる。

下りの目標は河口湖自動車博物館か安倍晋三氏の別荘あたりである。そこまで降りたら、折り返してくれば丁度一時間ほどになる。

目の前の富士レイクサイドカントリー倶楽部の縁に沿って、西に向かうと第2次分譲の武田山荘方面に向かうことになり、こちらも上り下りはあるが、平坦に近い部分も多く、『富士日記』によく登場するテレビ塔のあたりから折り返すと、少しの休憩をいれて、やはり一時間くらいになる。理想的なコースなのだが、いかんせんクルマが走り抜ける道路なので、いちいちやり過ごすのが面倒である。武田夫妻と一緒の時代であれば、百合子さんのブルーバードが、道路の端を歩いている私の耳をかすめて、ぶっ飛び去っていったに違いない。

ウォークから戻ったら、庭仕事の始まりである。まずは、細々した家事の一環として、生ゴミのコンポスト投入がある。この別荘地では、土に還る生ゴミは庭のコンポストに廃棄する決まりになっている。

洗濯物を物干し竿に掛ける作業は午前中に終わっていることが多い。百合子さんは詳しく述べていないが、樹木に覆われ、湿気の多いこの土地では洗濯物の乾き具合は非常に悪い。ただ、私の庭とは違って、陽射しが遮られておらず、晴れ間には燦々《さんさん》と日が差していれば、問題は少ない。百合子さんが、その種の不満を述べていないということは、当時は樹木もさほど繁茂しておらず、陽光の恩恵がかなりあったのだろう。入居の初期は武田山荘の上の道路から河口湖が見え、大岡山荘の窓からも同様に湖面が望めたと書かれているが、『富士日記』のあとの『日日雑記』では、もう見えなくなっているので、後年は百合子さんの家でもアカマツやミズキなどが成長して、視界と太陽を遮ってしまったのだと思われる。

したがって、この土地では、洗濯機は乾燥機付きのものが必要になる。私のところでは、室内に置いて、洗濯物に空気を吹き付ける衣類乾燥機を使っている。

庭仕事に戻ろう。実はやらねばならない仕事は無限にある。しかし、その第一は、私の場合（妻には別の仕事がある）、ストーブの薪作りと薪の保管場所の設置である。日本の昔話にあるように、「おじいさんは柴刈りに、おばあさんは洗濯に」そのものである。

そして、夫婦二人でやるのは、武田夫妻同様、草刈りである。バッテリー性能の発達のおかげで、充電式バッテリー式の草刈り機を使えるようになった。プラスティックの羽根を回すアイリスオーヤマ製の小型機とマキタ製の金属刃の中型機の二台を使用している。山仕事、大工仕事すべてに言えるのは、まずは道具を揃えることから始まるということだ。道具をケチると、能率が悪いだけではなく、怪我の原因となることさえある。

薪を作る

〈早く起きたので朝食前に主人が薪を作っているのを手伝う。〉（『富士日記』上巻P214）
〈一時半着く。庭には深々とバラスが敷きこんであり、薪も作ってくれて、床下にきちんと並べてある。すぐ火を焚いて家を暖める。〉（同、上巻P217）
〈留守の間に隣りのおじいさんが、松の木の下に薪を揃えてきれいに積んでおいてくれた。〉（同、下巻P230）

『富士日記』には、チェーンソーの文字は出てこない。百合子さんたちは、暖炉に薪を使っていることははっきりしているが、泰淳の「薪を作っている」という状態がどういう作業を指しているのか判然としない。薪を作るのには、斧を使用する必要があるが、斧を振るっている形跡はないのである。鉈《なた》で薪材をさらに細い太さにしているのではなかろうか。

オガライトという人工材（後述）と炭を暖炉用に購入してもいる。私の家は薪ストーブなので、炭は使えない。その点が、武田家との大きな違いである。

この土地は、富士の溶岩ではなく、火山灰が積もった土壌で、その上に木の葉などの腐葉土が載っている。シャベルで地面を掘り進むと分かるが、柔らかい土の下には、砂利交じりの固めの層が控えており、樹木の根はこの固い層に入り込むことより、周辺の柔らかい土に拡がるほうを選ぶのではなかろうか。

つい最近も隣地の二本のアカマツが根っこから倒れた。幸い我が家を直撃することは免れたのだが、私の家の敷地はたったの百二十坪である（武田山荘は五百坪だそうだが、ほとんど傾斜地）。隣地の所有者は家を建てず、管理もしないで荒れ地のままにしているので、雑草が押し寄せてきたり、倒木が飛んできたり、我が家には大いに影響が及ぶ。従って、我が家に脅威となる樹木については、ある程度伐採せざるを得ない。そして、倒木に関しても、そのまま放っておくと、見た目が悪い上に、腐ってさまざまな虫の巣になってしまうので、チェーンソーで伐り分けて我が家の薪にしてしまうのだ。

薪作りの手順を話しておこう。この土地に来てすぐは、庭のアカマツを何本か業者に伐採してもらったので、そのときの丸太がごろごろしていた。アカマツは、直径が四十センチ近い太い樹幹のものもある。他にミズキ、ヤナギ（枝《し》垂《だ》れではなく、花が虫の幼虫のようで気持ち悪い種類）、白樺などであるが、私の庭と周辺の土地では別荘地が開発されたときに植えられたと思しきアカマツが圧倒的に多い。

それらをストーブに入る長さにチェーンソーで玉切りしていく。玉切りの次には、いよいよ薪割りに入る。切り株を活用した割り場所に丸太を据える。このとき、持ち上げるのさえ大変な丸太を引っ張るのに使うのは、丸太用のトングである。こうした道具をケチってはいけないと先に述べた。道具ほどありがたいものはないということが、一旦道具を手にすると納得出来る。丸太を引っ張って運んだり、猫車《ねこ》に載せるといったことを両手だけですることは重労働である。だが、トングさえあれば少ない力で引きずるのも持ち上げるのも楽なのだ。

トングのことを先に述べたが、もっとも大事な道具は斧である。斧は最低でも二種類は必要だ。前の持ち主がいろいろな道具を置いて行ってくれたので、小さいほうの斧は私が買ったものではないが、大きなほうの斧は通販で買ったＦＩＳＫＡＲＳというフィンランド製のものである。以前、別の土地にログハウスを持っていたときには、日本式の斧を使っていた。それも悪くなかったが、振り下ろしているうちに、刃を止めているクサビが緩んで何度も外れてしまい、とうとう行方不明になってしまった。

その経験もあって、クサビのない一体型の洋式の斧に替えたわけである。しかし、かなり重いので、使い方に慣れていないと、腰痛を引き起こす原因になってしまう。振り下ろすときに、膝を沈めながらやることが肝要なのと、斧を頭上にかざすときにもコツがある。両手で持つのだが、利き手を斧の首のほうに滑らせて持つのである。長い柄《え》も両手を開いて持つことで、軽々と挙げることが可能になる。

そして、振り下ろすときには、利き手を柄の端のもう一つの手に滑らせて、一気に丸太を叩くのだ。直径が小さいサイズの丸太であれば、小さいほうの斧で充分である。柄の長さも短いので、両手を引き放して構える必要もない。

直径三十五センチ以上の大きなサイズになると簡単には割れないことが普通である。特に真ん中ばかり集中して振り下ろしていても埒が明かない。まずは、端を狙い、削り取る要領で振り下ろす。周囲を少しずつ削り取っていって、直径を小さくすると、中心に近いところからパカッと割れるようになってくる。

どうしても斧では歯がたたないしぶとい丸太がある。直径が大きくて、しかも幹が固いものとか、ある程度年数が経っていて、乾ききっている丸太だとか。また、節の多い丸太などは、一本捌《さば》くのに三十分かかることもある。補足すると、丸太はまだ倒してから間もないもののほうが、斧を入れやすい。乾燥した丸太のほうがスパンと割れそうな感じがするだろうが、反対なのである。

そういう手強い丸太にはクサビを使うといい。二つのクサビを使うやり方が普通だったが、最近は新型のクサビを打ち込む。四角錘《すい》というか、先のとんがった非常に硬い鋳物で出来ている。丸太の真ん中にまずは軽く打ち込み、重いハンマーで頭をがんがんと叩く。クサビの根元まで埋まる前に、丸太にはヒビが入って、パカッと割れるのである。

ハンマーに関しては、家庭用の金槌《かなづち》よりも頑丈な小型ハンマーを所持していたが、頑固な丸太には役立たなかった。キャンプのテントを張るときに、地面にペグと呼ばれるクサビを打ち込むときに役に立つ程度の小型ハンマーでは、クサビの頭を叩いても、丸太の内部にめり込んでいかない。柄が長く、両手でやっと持ち上げられるくらいの重たいハンマーをホームセンターで購入することだ。日曜大工でも一緒だが、道具を揃えなければ、野外の大方の仕事は進められない。

一つの丸太を割るのにも、こうした手間と道具が必要になるのが、山仕事なのである。作業が楽しければ文句はないし、私のように運動不足と不摂生のために糖尿になった人間には、肉体労働の余禄が充分に保証されているので、ＯＫどころか、東京に戻って、薪割りが出来なくなるとせっかく厚みが出た腕と胸の筋肉がまた痩せてきてしまう。

割ったばかりの薪は最低一年、雨を避けた場所で寝かせて、乾燥させねばならない。地面に板とかブロックを敷いて、その上に薪を積み重ね、ブルーとかシルバーのシートを被せる。

しかし、そういう原始的な保管方法では、庭のなかはブルーシートの小山で埋まってしまう。そこで、金属パイプを組み、アタマに波板を載せて、ほどほどの大きさの薪小屋を作った。

その作業は、私が京都の大学に赴任してしまったので、当時、自宅から外に出ず引きこもっていた息子が、富士に来るとまる一日庭に出て、外仕事を積極的に、手早くやってくれた。まさに、都会では得られぬ自然環境のなせる業《わざ》であった。通販で購入したハスクバーナという北欧メーカーのチェーンソーを使って、玉切りをしたのも、息子である。息子は、自分で設計をしてしっかりと図面を描き、ホームセンターに母親を伴い、締め具や屋根材を購入し、ほぼ一人で薪小屋を組み立てた。

私が五年後に山に戻るまで、大方の山仕事をしたのは息子だった。最初の所有者がメンテを怠ったために、ボロボロになってしまったデッキを腐らない新素材で組み建てたのもまったくの素人である息子だ。業者に頼むと五十万円掛かるところを数万円で済ませてしまったのだ。山の庭には、そうした息子のモニュメントがいくつか残っている。

息子が来なくなった庭で、私は初めてチェーンソーを起動させた。ハスクバーナのチェーンソーは普及モデルなので、性能はプロ仕様ではない。しかも、重さたるや大変なもので、五キロ以上あるだろうか。この重いチェーンソーを使っていたのに、息子から不満の声を聞いたことがなかった。息子なりにこのチェーンソーに愛着があったと思われる。

　私が使い出してからの一年目はこのハスクはなんとか動いていたので、私も業者が倒した丸太を玉切りしては、猫車に載せて、斧を使う場所まで運んでいた。しかし、このチェーンソーは起動時に気難しい性質があった。それが、とうとう起動しなくなってしまった。

　通販でチェーンソーのような気難しい用具を購入するのは危険である。調子が悪くなったり、故障したりしたときに、すぐに見てもらえるショップで購入したほうがいい。実はハスクを通販で購入した直後に具合がよくないので、並行輸入をした会社に送って、故障を直してもらったことがあった。その会社は福井にあったので、クルマに積んで持って行くというわけにはいかなかった。

　そこで、私はハスクを見てくれる業者が富士の近辺に存在するかをネットで検索した。なんとあるではないか。花火で有名な市川三郷《みさと》町のヨダ兄弟《けいてい》商会というところがハスクとドイツのメーカーのスティールの代理店で、修理もしてくれると。

　市川三郷町に行くのは初めてで、東京都内であれば結構遠い地域には違いないが、クルマ移動が当たり前の地方の住人にとっては充分に行動範囲である。私の家からは、国道１３９号を西に向かい、西湖入口を過ぎて樹海を左右に見ながら、精進湖の脇を入っていく。精進湖道路をうねうねと下界に下っていき、笛吹川に沿ってしばらく走った左方にその店はあった。

結局、私はハスクを諦めて、より軽量のスティールのチェーンソーを購入することにした。ガイドバーは長くないが、始動も、使い回しも楽ちんだった。

古いハスクバーナは何十回と起動ロープを引っ張ってもエンジンが回らなかったのに、スティールはほぼ一発でＯＫである。

何度も言うが、こうしたデリケートな機械は決して通販で購入しないことだ。故障やちょっとした疑問点など買った店ですぐに対応してもらえることが大事なのだ。しかも、チェーンソーなどの森を相手にするような機械は概して凶器に変わる。自分の身体にダメージだって与えかねないのだ。通販のほうが安いなどと考えていると、安物買いのゼニ失いどころか、身体にまで悪影響を与えかねない。

ある程度長さのある樹木を切っていくには、絶対にチェーンソーが必要である。私の家の前の持ち主はマキタの電気チェーンソーを残してくれていたので、多少は使ったことがある。しかし、延長コードをどれだけ延ばしたところで、届く範囲には限界が生じるし、何よりもパワーが弱いので、太い丸太は切れないのだ。

本格的な薪作りをしたいのなら、絶対に2サイクルエンジンを搭載したチェーンソーが必要である。しかも、四十センチの直径の丸太を切るには、ノコギリ部分を支えるガイドバーもある程度の長さが必要だ。一般的な長さは十五インチ（三十八・一センチ）ということだが、ガイドバーとチェーンは取り替えが可能なので、使ってみて不便であれば交換すればよい。

前に使っていたハスクバーナは十五インチ以上あったが、現在使用しているのはスティールの軽量モデルなので、十四インチないくらいだろうか。ときに丸太の端まで刃先が届かないこともあるが、角度を工夫してやっている。

チェーンソーのエンジンは小さくて、抵抗の強い幹を削っていくわけなので過熱する。スティールのチェーンソーを信用してはいるが、私のタイプは小型なので、しばらく回していると燃料がなくなってしまう。補給して再開しようとしても、エンジンが掛からないことがあった。そういうときには、過熱を冷ましてから行なう必要がある。

また注意するべきは、チェーンソーの出す音が猛烈に大きいことだ。私の家の道を挟んだお向かいさんは、定住者なので、常に在宅である。ベランダで談笑されているときとか、来客があったときなど、作業をしないことがエチケットだろう。

この別荘地では、日曜日、祝日、お盆、正月などは工事や作業の音をだすことが制限されている。ゴールデンウィークに来て、思いっきり丸太切りをしようなどという方には別荘地は不向きなのだ。

薪作りと薪の保管は短時日で終わると思われるかもしれないが、私は何年も薪を巡る肉体労働に従事していて、最近とうとう割る丸太がなくなった。しかし、寒い時期に朝から夜まで焚く薪の量は半端ではない。小山ほどの薪を二、三杯使ってしまう。ひと月毎日ストーブを焚いていると薪小屋はたちまち空になり、また新たな丸太を求めて、作業が始まるのである。

家を暖める

〈夜中に起きたら、ひどく冷えこんでいるので、煖炉《だんろ》を焚いたり、ストーブをつけたりして家の中をあたためるのに忙しく、原稿の方は全く進まなかった、と主人言う。昨日買ったオガライトを車に積んだままで、私は運び忘れてしまったのだ。薪しかなくて、燃やしにくかったらしい。〉

（『富士日記』上巻P207～208）

オガライトという燃料は、現在もホームセンターでも扱っている。主にマツ材のおがくずを固めた棒状の燃料で、接着剤など使っていないので、有害物質を出すこともないようだ。武田山荘では、火付きがよく、火力も強いというこの燃料を重宝していたようだ。百合子さんは、吉田のオガライト製造工場まで足を運んで見学している。

しかし、いったい武田山荘では、どのくらいの頻度で暖炉を使用していたのだろうか。石油ストーブ四台をフル稼働させた上で、暖炉にも火をくべていたのか。

ストーブで薪を焚くのも、素人がすぐに出来ることではない。もちろん出来るが、それなりにコツが必要だ。小さな薪でも、マッチですぐに火が移るなんてことはありえない。手順を心得ていなければ、太い薪どころか、ペラペラの薄い板にも火は燃え移らない。

屋外のキャンプ場では着火剤を用いるが、そうした剤の多くは石油由来の化学製品が含まれている。石油製品は、ストーブの煙突を汚す心配がある。マツやスギは、油が多いので、煙突を煤《すす》で詰まらせるという理由で従来避けていたストーブ愛好家は多いようだ。先日、第2次分譲の別荘地に住んでいる横沢さんから「アカマツ、燃やしていいの？」と質問された。ただ、最近の常識は変わっている。マツ材も一年以上、よく乾燥させた材であれば問題ないと。私の家の薪ストーブを設置した八ヶ岳の業者もそのように話していた。

私は長らく着火剤を用いないで、新聞紙と粗朶《そだ》を使っていた。粗朶というのは、乾いた小枝のことで、昔話のおじいさんが山へ集めにいく「柴刈り」の柴は、ずばり粗朶のことだ。

粗朶は無限にある。自庭の樹木を刈り込んだときや、自然に落ちたりした枝が無尽蔵に転がっているので、庭の何カ所かに集めておく。シートを掛けることもしないので、雨風にさらされ放題なのだが、特に冬場になると乾燥度が高まり使いやすくなる。

しかし、今は自然素材の着火材を使うようになっている。オガライトと同じ成分のもので、つまりオガライトでもいいのだろう。着火材を使うと、新聞紙も粗朶も必要がない。といっても、細い小枝は何本も必要になるが、新聞紙だけでは燃えつかなかった材にも火がつくのだ。

私の家のストーブは、アメリカ製のヴァーモント・キャスティングス・レゾリュート・アクレイムという長い商品名であるが、自分で選んだものではなく、前の持ち主が購入したものである。取説は英文の薄い冊子が残されていたが、火付けの手順などは以前所有していたフィンランド製のものと変わらないと考えて自己流でやっていた。息子がいたときには、息子が英文の取説を読んで解説をしてくれたものである。

ストーブは、ダンパーという空気を一定量に遮断するレバー（横面に付いている）の扱いが難しい。ダンパーというのは、薪をただ一次燃焼で燃やすのではなく、二次燃焼にまで持っていって、排出する二酸化炭素を少なくする装置のことである。最新のストーブでは（特に北欧製）三次燃焼まで可能になっているようだが、二〇〇〇年当時は、二次燃焼までのストーブしかなかったのだと想像する。

ダンパーは常に使用出来るわけではない。ある程度、というかかなりの熱量を発したあとでしか効力を発揮出来ないのだ。ネットからダウンロードした長文の取説で、やっと私が理解したのは、ストーブの鋳鉄部分の温度が二百六十度以上でなければ、ダンパーに切り替えてはならないと。つまり、ストーブの温度を測る必要があるというわけだ。ベテランになれば、大体の焚き具合で分かってくるだろうが、二百六十という細かい数字を見せられると、温度計が必須の道具と感じられてくる。

前所有者の温度計は壊れていたので、あらたにアマゾンで購入することにした。これからストーブを体験する方々にご忠告すると、こうした小物に関しては、通販のほうが、手に入れたい品を安く買える。通販で購入した一万円ほどの薪置きのラックも我が家に据えてある。ホームセンターではそもそも売っていないし、あっても通販より高いからだ。

温度についてさらに補足すると、かつてログハウスを所持していたころはフィンランド製のストーブにスギの薪をどんどん投入していて、温度は四百度に達していたかもしれない。しかし、ストーブは鋳物で造られているので、高熱で長く使っていると、ヒビが入ってしまうそうだ。ヴァーモント・キャスティングスのストーブでは、三百五十度以上にならないようにと警告されている。
薪ストーブは、気難しく、ちょっと手間がかかる装置である。火が付いて、順調に燃えていると安心していると、火が消えかかっていたなんてことは普通である。常に火の番を要求される。ただし、私が焚いているのは、多くが火力は強いが持ちのよくないアカマツである。幹が固く、持ちのいいカシとかコナラやクヌギの類であれば、しばらく放っておいても大丈夫なのかもしれない。私は針葉樹ばかりで、広葉樹を使用した経験が皆無に近い。

火持ちのよくないアカマツが主流なので、就寝後も細い火を長持ちさせるには、たびたび起きて、火の具合を見ながら、足していかなくてはならない。それも、一本だけ足せばいいかというと、そういう訳でもない。火勢が弱っていて、火床に充分に熾火《おきび》が残っていないと、新しい薪に火が移らない。薪ストーブというのは経験がモノを言う。私などはまだまだ未熟者なんである。つい最近も、火持ちをよくするには、「灰を全部は捨てないこと」というプロ級の使用者のブログを読んだ。今度は、その方法を試してみるつもりである。

ツタウルシ撲滅作戦

〈うるしを伐ったら、唇のはしが少しかぶれた。〉（『富士日記』上巻Ｐ320）
〈庭のうるしが紅葉している。〉（同、中巻Ｐ373）

百合子さんの庭では、アカマツなどに巻き付くツタウルシがあまりなかったようだ。「ウルシ」

と書いているだけなので、ツタウルシとは限らないが、この土地では本《ほん》ウルシはないので、やはりツタウルシのことだろう。百合子さんの時代から半世紀もすると、人の手が入らない土地の樹木に巻き付いて、幹から栄養分を吸収して太く長く伸びたツタウルシが別荘地のそこここで目に付く。

　ツタウルシが人間にとって効用があるのは、色鮮やかな秋の紅葉だけで、うっかり触るとかぶれや湿疹を引き起こし、専用の軟膏を塗ってもなかなか治らない。体内に毒素がしみ込んでしまうようだ。

　私は二回、妻は一回、富士の地元の名医という評判のお医者さんにお世話になっている。富士河口湖町の「富士ニコニコクリニック」だが、小児科医、内科医でもあるので、決して皮膚科だけの先生ではない。東京の皮膚科ではツタウルシかぶれはご存じないので、ツタウルシにやられたときには、このクリニックに飛び込むしかない。ここで処方してもらった内服薬を飲み、塗り薬を朝晩塗りまくっても、十日間は治らない。それほどクセの悪い毒植物なのである。

　ツタウルシは人間だけに害を及ぼすわけではない。私の土地に隣接する二方向から、いま二本のアカマツが倒れてきていて、その処理に二年越しで手こずったのだが、倒れた理由は根っこの地面が柔らかいということの他にツタウルシに巻き付かれたことが原因なのだと思う。巻き付かれてから十年以上の長い年月を経てダメージが効いてくるのだろうと想像している。ツタウルシは栄養分を横取りし、自分は大きく太くなっているが、マツのほうは年々弱ってくるのである。そして、ある日、大風が吹いていて、あるいは雪の重みに耐えかねて、どおっ！　と倒れることになる。

ツタウルシは自分も共倒れすることになるのに、なぜ寄生した樹木を弱らせてしまうのか。これも想像だが、年古《としふ》りて太くなったツタウルシは、倒れるまでに存分に種をまき散らしているから、役目を終えたということなのだろう。

私が薪のために処理するのは、業者に切り倒してもらった大樹、中樹が主だが、倒木も対象となる。倒木のほとんどは、ツタウルシを巻き付けているので、チェーンソーを使う前にツタウルシを外しておかなければならない。チェーンソーは木屑をまき散らすので、ツタウルシには使用出来ない。手ノコギリで切るのである。手袋をして、木屑が身体に掛からないように気を付ける。切り外した木片は、汚物を処理するように、ゴミ拾い用のトングを用いて、こちらに悪影響の及ばない場所に放棄する。

百合子さんの時代には、別荘地は開発されてから間もないので、樹木はまだ大きくなっておらず、ツタウルシもあっただろうが、私の敷地の周辺の木に巻き付いているような、大人の腕ほど太くは育っていなかったに違いない。

『黒い雨』

〈今年も「黒い雨」を読む。〉（『富士日記』下巻P202）
〈「黒い雨」を読む。涙が出て、それから笑う。〉（同、下巻P294）

百合子さんは、ほぼ毎年夏場になると井伏鱒二の『黒い雨』を読む。昼間はバタバタと家事に勤しんでいるので、夜寝る前に読むのである。この小説は広島に落とされた原爆が題材になっているのだから、八月に読むのは、「広島を忘れるな」という意味なのかどうか。その点にはまったく触れていないので不明である。

井伏鱒二の作品を好んでいたようで、年によっては井伏鱒二全集を山荘に持参して、短篇を読んではくすくす笑いをしているくらいの井伏ファンだった。女学生のときには、江戸川乱歩作品を偏愛していたために、乱歩死去の報に触れて、東京の方角に向かって、遥拝《ようはい》したと述べている。しかし、乱歩の話題はまったくそのときしか出てこないで、とにかく夏がやって来て、原爆投下の日が近づくと『黒い雨』なのである。

毎年『黒い雨』を必ず読むという人には会ったことがない。私は、恥ずかしながら、この本を読んだことがなかった。読むべき時期を逃してしまったのだが、「原爆」を扱っているというだけで、「反戦」「平和のありがたさ」などを教育的に教えようとする姿勢を警戒してしまうのだ。

しかし、百合子さんは毎年読んでいるのだ。同じ作品を毎年読むというのは、どれほど再読に堪えられる内容なのかと、こちらも読みたくなるのは当然である。そこで、急ぎ読んでみた。

やはり、読んでよかった。見たまま、経験したままの事実をほとんど即物的に伝える文章は、教訓にもきれいごとの羅列にも無縁であった。

『黒い雨』には、戦争のせいで地獄巡りをさせられた市民の憤りも国家への非難も爆弾を落とした非人道的なアメリカ軍への恨みの言葉もなく、淡々と当日および終戦の日と、それに続く戦後すぐの日常を描くばかりである。戦争文学の白眉《はくび》といってもいい作品に違いない。「淡々と」と今述べたが、感情を籠めず、あるがままを描いたほうが、起こったことの悲惨さは伝わりやすい。

いい作品というものは、自身を肯定する姿勢を批判する目についても忘れない。『黒い雨』にも、悲惨さを永遠化する動きとは逆に簡単に忘れようとする世間の姿が見事に対比されている。原爆だけではなく、戦争で何百万人亡くなろうが、生きている者たちはすぐに忘れてしまうのだ。

〈「何だこら、何をぬかす。馬鹿も、休み休み云え。わしが広島から逃げ戻ったおり、あのとき小母はんは、わしの見舞に来たのを忘れたか。わしのことを尊い犠牲者じゃと云うて、嘘泣きかどうかしらんが、小母はんは涙をこぼしたのを忘れたか」

「あら、そうな。そりゃあ庄吉やん、あれは終戦日よりも前のことじゃったのやろ。誰だって戦時中は、そのくらいなことを云うたもんや。今さらそれを云うのは、どだい云いがかりをつけるようなもんや」〉（『黒い雨』第二章）

「誰だって、戦時中はそのくらいのことは言う」とは、言い得て見事であろう。原爆に限らず、災害や人的被害に苦しんだ人たちに対する無関係な人たちの気持ちというのは、その程度のものだ。戦争で息子を失ったという母親たちに対してもこれと同類の気持ちしか持たないのが他人というものだろう。

「キレイごと」を言わないこと、それが一流の文芸であること、本を読む習慣のない人たちはそのことを知らない。ただし、作者の井伏鱒二を手放しに賛美するわけにはいかないのは、やはり「時代は変わる」からである。

今日、『黒い雨』というドキュメンタリー小説には、原本があり、ほぼそっくりその文章が使われていることが知られている。原本は公刊されてもいる。主たる種本は、『重松日記』という重松静馬が記した事実そのままの記録であり、さらに「妻の献立帖」や、「岩竹医師の手記」という文書も使って再構築しているというより、「リライト」したものだと猪瀬直樹が論証しているらしい。

百合子さんがこのことを知ったら、なんと言うか想像が出来ないが、それでも『黒い雨』は読んだほうがいいと私は考える。資料提供者の重松静馬が、文名の高い井伏鱒二の作品とすることで、多くの読者を得ることを考えていた確信犯らしいことからである。事実、この作品は野間文芸賞など文学的な栄誉を受けることによって、読者の裾野が広がったので、一被災者の記録としての『重松日記』であったなら、武田百合子さんでさえ読んでいたかどうかは疑わしい。

井伏鱒二が一言、この作品がほとんど重松静馬の日記に負っているということを断わっておけば済んだことなのにと残念な気持ちになる。

原爆関連で付け加えると、百合子さんが夏場にサルスベリの花を目にすると必ず思い出すという和歌を引用している。奇《く》しくも広島に原爆が落とされた八月六日の日記である。いや、この日だからこそ、この歌を書きつけたのだろう。

〈「見せたやな　さるすべりの花なよなよと　うす桃色が風になびくを」。原爆が落ちたとき死んでしまった夫に、見せたいなと語りかけているのだそうだ、このやさしい歌は。自分もあとから原爆病で死んでいった女の人の歌だ。〉（『富士日記』中巻P344）

原爆に関しては、『富士日記』のなかでも直接吐露していない特別の感情があったのに違いあるまいが、私は別のことを考える。百合子さんが、この歌の背後に一つの夫婦像を見ていると思えるからである。泰淳と自分という堅固な夫婦のイメージをこの歌に重ねていると感じるのである。

第五章　時代は変わる

世界文化遺産登録

〈河口湖通りは人と車で一杯。駅も登山のゆきかえりの列で一杯。店やも、ラーメン、氷水、弁当を食べる人、休む人で一杯。〉（『富士日記』上巻P20）

かつて、六十年近くまえの一九六四年の夏のシーズンにも、百合子さんの記述にあるように、河口湖駅前には、登山客が殺到していた。世界文化遺産登録も未だなく、外国人観光客も少ないころでも、十分にこの土地には人々が集まって来ていたのである。

従来型の田舎の観光地だった富士山と富士五湖が、一流の観光地を目指し始めたのは、二〇一三年の世界文化遺産登録前後であることはまえに述べた。そのときを節目に富士山と山麓のあらゆる景勝地、観光名所が整備され始めた。あとで述べるが、富士山の五合目の佇《たたず》まいなど、一九九〇年ごろから富士と縁が生じた我々にとっても、当時と比べると目覚ましい変化だと思える。富士登山に関しても、規制が厳しくなり、マイカーでのスバルライン通行も制限されるようになった。

富士山を目指して訪れていたのは、日本人だけでは無論なかったが、世界遺産登録後から爆発的に外国人が増えてきた。外国人客の急増に備えて、ホテルやレストランが続々と新規開業したのだが、それをぶち壊したのは、二〇一九年暮れから始まった新型コロナウィルスによるパンデミックだった。

シャッター街

〈酒屋で。ビール三箱二千八百八十円、かんビール二箱三千八百四十円、油揚げ三枚二十四円、チーズ百円、西瓜四百五十円、ピース千円、トマト八十円、ファンタ六本二百円、ハイライト七十円、計八千七百四十四円。

有料道路二百円。

河口の肉屋にて。豚ひき肉三百グラム百七十円、ギョーザ皮四十円、豚ロース三枚二百五十円、計四百六十円。〉（『富士日記』上巻P363）

山中湖方面に泳ぎに行ったあとなので、この「酒屋」は富士吉田の店だろうか。瓶と缶の両方を買っているビールの量に圧倒される。肉店は「河口」と断わっている。

百合子さんの時代には、お正月の買い物などを本格的にするには、吉田（富士吉田）に行くしかない。山梨県側の富士山麓の町々で「市」を名乗っているのは、吉田の街だけであり、ここは千年を超える歴史があるという「機織り」の都市である。そのころは、まだ繊維産業が盛んだったので、商店街も歓楽街も賑やかだった。映画館も二館あった。百合子さんは、この町の最後の繁栄振りを見ているわけである。

　現在と異なり、スーパーの数が少ないので、買い物は個人商店が多い。百合子さんは一九六六（昭和四十一）年十二月三十日の日記（『富士日記』中巻P70〜72）でこの商店街での買い出しの模様を記している。まず八百屋で、「みつば」「さといも」など。正月飾りもここで売っている。国際通りに移り、食品屋、肉屋、靴屋。ただし、靴屋では何も買わず、広告文の解説をしている。「女パンプ」はパンプスのこと、「女ヘップ」はオードリー・ヘップバーンが語源のサンダルのこと。それから、「セーター屋」、ここでも買わないが、「金物屋」でカルメラやきセット、「おもちゃ屋」でタコとタコ糸を購入する。薬屋では風邪薬カンポンコールという聞きなれない薬を買い、食料品店で田作りや祝箸を買う。祝箸はこの店にしかなかった。

　この時代はまだまだスーパーマーケットが進出してくる前夜だった。端境期といっていい。日記の後半になると現在の富士山駅のビルにイトーヨーカドーが進出してきているが、個人商店を渡り歩いて、買い物をするのが普通だったのだ。

　北口本宮富士浅間神社へと続く急傾斜の中央通りは中腹の金鳥居《かなどりい》が吉田の街のランドマークだ。この通りを富士山と反対側へ、つまり北側に下っていくあたりが昔は代表的な商店街だった。月江寺入口を過ぎた西裏地区は、現在でも飲食店が多いが、繊維の街の全盛期には、このあたりは女性を抱えた店なども多くあって、一大歓楽街だったらしい。

しかし、いまこの通りを金鳥居から下っていくと、両側の商店街はシャッターの降りている店が多く、寂れ感が半端ではない。シャッター街になっているといっても、過言ではないだろう。以前は栄えていたのだろうなと思うのは、趣のある立派な看板を掲げた建物がまだいくつか残っているからである。地元の若者が主体になって、新しい飲食店横丁を作って、活気を取り戻そうとしているが、傾斜地で駐車場も少なく、アクセスが悪いので、今後の展開に希望がありそうにも見えない。

二〇二二年八月、小雨が降って暑さもほどほどの商店街を歩いてみた。「金鳥居」は金属製の鳥居で、その下を貫く南北の急坂道路が富士講の御師《おし》と呼ばれた富士登山の導師の家が建ち並ぶ、北口本宮冨士浅間神社の参道だったことを表わしている。

百合子さんが、クルマを停めて買い物をしたのも、映画を見たのもこの通り沿いだったと思われる。この通りに面した店ではなくても、この周辺の商店だったろう。

この商店街も途中までは国道１３９号なのだが、ここが昔は国際通りと呼ばれていたのだろうか。いまは、メインの通りは、東のバイパスに移動している。ユニクロ、カインズ、ニトリ、ヤマダデンキ、スターバックス、マクドナルドというようなカタカナチェーン店が、その大通り、国道１３９号バイパスの左右に散らばっているのだ。このバイパスは、片側二車線で道幅が広く、上り坂でクルマを走らせていると、正面に富士が見事に全身を現わす。圧倒的な景観である。国道１３９号ではあるが、富士見バイパスと言ったほうが、道路の性格をよく表現している。百合子さんの時代にはこの通りはなかったのではなかろうか。

国道１３９号は、河口湖インターを降りたクルマが合流する、西は富士宮まで続くこの土地のメイン国道だが（『富士日記』に「鎌倉往還」とあるのはこの通りである）、東は北口本宮冨士浅間神社の信号の手前で、北方向に折れ、北口本宮の参道を金鳥居まで下っていく。ここがかつての中心道路で百合子さんが行き来した道路だが、その先で１３７号に変わってしまい、１３９号は富士見バイパス南という交差点までぶっ飛んでしまうのだ。まことに面妖なことではある。富士見バイパスは、北方向、都留に向かって、急坂を下っていく。山中湖方面に向かう道は、号数を１３８と変え、片側一車線に狭まり渋滞するので、私は山中湖に向かうのが好きではなく、めったに行かないのはそれが理由の一つである。伊坂幸太郎の小説『死神の精度』の死神と同様、私は、この世で渋滞ほど嫌いなものはない。

スーパーマーケット今昔

〈パン一斤、とりささみ肉、豚うす切り、タマ用鰹切身三切れ百五十円、笹かまぼこ。忠実屋スーパーにて。〉（『富士日記』下巻Ｐ352）

〈イトーヨーカ堂へ買出し。パンティ二枚で二百九十五円、綿ちぢみシュミーズ（これはダルマシュミーズという名前）七百八十円、男物靴下二足四百六十円（ゴムがゆるい弱そうなのを買う。すると一番安いのになってしまう）。食品部で、パン、パイナップル、さばみりん干し、牛肉ロ

ース、パン粉、なまり一本、ごま油、ベーコン、ミツカン酢、グレープフルーツ、ぶどう。〉（同、下巻Ｐ361〜362）

百合子さんのころは、スーパーマーケットはほぼ三、四店くらいしかなかったのだろう。『富士日記』にイトーヨーカ堂と忠実屋、Ｎ、Ｍスーパーが現われるのは、私の見落としがなければ、下巻になってからである。つまり、山荘生活の晩年になってやっと出現したのだ。

樹海際の字ジラゴンノという地名の蝶理センチュリーヴィラにログハウスを持った当時、我々はもっぱら国道１３９号の船津登山道の信号までクルマを走らせ、交差点の角に建っていた「ヤオハン」スーパーを利用していた。「ヤオハン」倒産後、そのビルは「ＢＥＬＬ」という名前に変わり、一階のスーパーはかつてより面積が半分に縮小している。「セルバ」というスーパーで、この地域のスーパーのなかでは、少しだがいい品がある。鮮魚では、ここが一番というのが私の評価である。

富士桜高原別荘地には、毎日何便か無料巡回ミニバスが走っていて、別荘地かゴルフ場の利用者しか乗れない。私の家に近いバス停からショッピングビル「ＢＥＬＬ」で降りて、スーパーで四十分ほど買い物をすると、また戻りのバスが来るので、自家用車がなくとも食料品は簡単に買うことが出来る。百合子さんのころ、このバスが運行していなかったことに間違いないのは、どのページにも言及されていないからである。このバスがあれば、編集者諸氏も河口湖駅から、無料で利用出来、武田山荘近くまで来られたはずなのだ。

かつてイトーヨーカドーが入っていたビルは、富士吉田駅から富士山駅と名前を変えて、いまやスーパーは入っていない。忠実屋も消えてしまっている。

しかし、現在は至るところにスーパーがある。私が一度でも入ったことのあるスーパーを列挙する。セルバ、マックスバリュ、ビッグ、ベイシア、イッツモア、綿半、オギノ、いちやまマート。カタカナで書いたが、ほとんどの店の表記は横文字である。

食べもの屋

〈山梨のぶどうまつりの特集で、名物のほうとうを作るところなどあったが、見ていれば見ているほど、山梨というところは何にもないところなのだなあ、とつくづくと感じた。〉（『富士日記』中巻　P243）

私の記憶でも「ほうとう」は、最初に富士に家を建てたときに街道筋の店で食べているが、うどん系ではもう一つの名物「吉田のうどん」は、百合子さんも語っていないし、私が初めてこの地に家を建てたときには聞いたことがなかった。全国でうどんやラーメン、焼きそばなどを地元の名物と名乗る流れのなかで対抗的に浮上してきたのではなかろうか。吉田の家々では以前より食べられていた食材としても、「ほうとう」同様外食する料理ではなかったのだろう。

富士山麓の市町村だけではなく、山梨には特産物が少ないという印象が強い。特に富士山観光に依存している富士河口湖町や鳴沢村は、ほとんど高原キャベツとか野菜くらいしか目立たない。

山梨の他の地域では、もっと付加価値の高い果物が生産されている。桃と葡萄《ぶどう》、スモモの生産量が全国一位である。葡萄から作るワインは、甲州ワインとして有名ではあるが、純国産ワインは生産料が少ないのか高価で、この土地に暮らしているときでも、私は廉価で味に偏りのないチリワインを買ってしまう。甲州ワインはもっともっと拡張の余地があるはずだが、主導する人材に欠けているのだろうか。行政には未来の図面を描ける人材が必要だ。

　食材だけではなく、工芸品などでも思い付くのは、鹿の皮を利用した印伝くらいだが、その印伝も近年影が薄い。

〈山梨の食べものはひどいからなあ、という話を大岡さんはなさった。〉（『富士日記』下巻P16）

　ここで言う「食べもの」は、外で食べる食事のことだ。当時は、外で食べる料理も不味《まず》かったということなのだ。桃や葡萄など、果実は豊富だが、海に面していない「山ばかり」県なので致し方ない側面もある。

　何よりも「観光地に美味いものなし」である。観光客は沢山くるが、みんな一見さんなので、適当な料理を出しておけばいいということになる。料理を美味くなるように改良していこうという前向きな気持ちにならずとも、食いものであればいいのである。しかも、観光客は少し値段が高くても、そういうものだと思ってくれる。

　東京のように人口が多いわけではないので、個人店で美味しい店が増えることは難しい。気の利いたイタリアンなどゼロではないが、現在でも基本富士山麓には美味いものは少ないと考えたほうがいいだろう。外食が盛んになったのは、日本全国を網羅する外食チェーンが進出してきてからである。

武田夫妻の時代にはチェーン店はないので、ときに外食するのは、全部大衆的な個店である。「Ｓ（スバル）農園」や「西湖荘」の食堂などにときどき立ち寄っている。両店とも現在は消滅していて、スバル農園の空き地には現在、飲食店が何軒か営業している。しかし、夫妻は決して、夕食をどこか外の店で食べることはしていない。

私たち夫婦が愛好しているのは、東京にもあるチェーン店が多い。よく行くのは「コメダ珈琲《コーヒー》店」「スシロー」「ロイヤルホスト」「ガスト」である。最近は、「沼津魚がし鮨」チェーンの「流れ鮨」という最近登場した寿司店が気に入っている。

チェーン店以外では、大衆中華の「大黒天」は、平日のランチが盛りだくさんで七百五十円と安い。「ガチ中華」ではないが、けちけちしない、地元では人気の中華店である。河口湖南岸の「ＣＩＳＣＯ」は、サンフランシスコ好きの店主が出した店。サンフランシスコで焙煎《ばいせん》したコーヒー豆をつかったコーヒーとアメリカ風味のケーキが食べられる。大きなカップになみなみと注がれたコーヒーはココナッツ味とか、フレイバーが何種類か用意されていて、満足度が高い。

うなぎは、富士吉田にも老舗が存在するようだが、私が何度か訪れたのは、ショッピングセンター「フォレストモール」の先にある「うなぎ割烹　力」である。「力」は「りき」と読む。ここは、割烹をうたっているが、うな重だけ食べてももちろんいい。リーズナブルな値段なので安心して食べられる。

そば屋に関しては、ほとんど知らないが手打ちをうたっている店は何軒もある。私が外でそばをあまり食べないのは、血糖値がすぐに上がる食品であるのと、量が少ない店が多く、満足感があまりないからだ。百合子さんのころは、外川さんに打ってもらったそばを美味しい、美味しいと食べているが、本来、外店で少量食べるよりも自宅でワシワシ大量に食すべき食べものであろう。腹がくちくなるほど、沢山食べるのがよろしい。

河口湖の湖岸では、特に北岸にカフェやレストラン、ブーランジュリーの新顔が登場している。「道の駅」ならぬ「旅の駅」という施設も登場していて、コロナの終息後はますます出店が加速するだろう。

百合子さんたちのように、朝霧高原へ出かけ、フードパークや牧場併設のレストランに出かけるのもお勧めである。朝霧はもう山梨県ではなく、静岡県に入る。この地域の魅力は、あとの章で語ろう。

社会問題

〈北富士演習場入口（右は忍野村入口）の松林の前に大きな立看板がある。看板に並んで登呂遺跡にあるような小屋が出来ているので車をとめる。私が立看板を読んでいると、小屋の入口の方にまわっていた主人が、「中に小母さんがいるから。上ってもいいというから、百合子も一緒にこい」とよびに来る。〉〈『富士日記』中巻P419〉

武田夫妻のクルマは山中湖方向から来たので、左側に小屋があって、右に忍野村の入口があったわけだ。陸上自衛隊の北富士演習場というのは、アメリカ軍が砲弾射撃場として使っていた土地なので、このときには自衛隊の演習場というより、アメリカ軍に接収された戦後の状態が続いていた時期なのだろう。

そもそもは、忍野村の入会地だったが、入れなくなった上に、アメリカ軍が実弾をバンバンと撃つので、爆音でガラス窓が割れることもあったと、小屋にいた小母さんが話をする。忍野村の有志が反対運動を起こし、当時荒れていた成田三里塚闘争を主導していた全学連とも共闘していたころである。

『富士日記』は社会的な発言や抗議の声をあげる場所ではないと百合子さんは心得ていたのだと思う。泰淳は、戦前の学生のころは左翼運動で捕まった人であり、兵隊に行って中国戦線で鉄砲玉を放った人でもある。作家として立ってからは、国家と関わりを持つことを拒絶してきた。「人殺し」たることを強制した国家という存在を嫌悪していたからだ。その表われが文部大臣賞の受賞拒否であり、外川さんやスタンドのおじさんが不思議がるのは無理ないとしても、国家からの施しは受け取らないのである。

外川さんにどれほど説明しても、文部大臣賞を拒否する理由は、簡単には説明出来なかったことだろう。泰淳の答えは、たとえば小説『富士』を読むしかない。

『富士日記』のなかで、百合子さんは連続射殺犯少年（永山則夫）のような個人犯罪に対しては、結構感情的なコメントを述べているが、一九六九年の春はどういう政情だったであったかというような社会状況や事件への言及はないのである。

たとえば、一九六九年は、前年のプラハの春のソ連軍による蹂躙《じゅうりん》、アジアではヴェトナム戦争の泥沼化、国内では左翼各派が暴力闘争を各地で繰り返していたというようなそんな時期だった。私が早稲田大学文学部に入学した年であり、革マルという左翼団体の独裁のもと全学ストライキが決行され、大学側からほぼ半年に渉《わた》るロックアウトを食らった年である。卒業までの四年間、ろくに授業も受けられず、ナチまがいの暴力組織（革マル）の支配下にあって、教職員たちは嵐が止むまで冬眠状態、穴のなかでだんまりを決め込んでいた時期である。大学は学費も返さず、卒業証書だけを代わりに寄越した。

　そんな時代であったということは、『富士日記』からは微塵《みじん》も伝わってこない。そこが不満なのではない。むしろ、社会を覆う雲とは無縁の生活の細々を拾っているからこそ、この『富士日記』はいつまでも古びないで読まれているような気がするのである。

『富士日記』では、剽軽な人間性をむき出している大岡昇平を例に出してもいい。大岡の社会的な姿勢はここでは語られていない。だが、大岡は三十代半ばで戦争末期に徴兵され、南洋の孤島に送り込まれたが、幸い捕虜になったから生き延びた兵隊だった。だが、同じ部隊の戦友たちの大方は戦死している。そういう人間だから、国家の栄誉は受けないと決めて、日本芸術院入りを断わっている。文部大臣賞を断わった武田泰淳にとって、まさに大岡は同志だった。

噴火

〈精神病患者は、死火山のように見える活火山のようなものだと思うんです。いつ噴火するかわからない、いつ爆発するかわからない生きた火山みたいなものです。たとえば富士山ですが、歴史学者の説によると、記録に残っているだけでも数十回の噴火、爆発を重ねてきたそうです。その度に、熔岩が流れ出して、地形を変化させ、住民も村々も焼きつくし埋めつくしてきたという話です。〉（『富士』P263）

それが例えば富士山だと主張するのは、その半分は山荘で執筆したという力作『富士』のなかの語り手大島である。大島は富士山麓の精神病院の若い医師で、時代背景は敗色濃い太平洋戦争の末期だ。

泰淳がエッセイで噴火について書いたこともある。短いエッセイで『富士日記』下巻の付録として収録されている。御胎内の浅間神社にはコノハナサクヤヒメが祀《まつ》られているが、イワナガヒメも溶岩地帯にいるような気がすると。

〈富士山がもし噴火爆発したら、この姉妹のどっちの怒りだろうか。〉

差し迫った心配として、富士山の噴火を想定していたとは思えない言葉である。「いつか、自分たちがいなくなったあとに起こる」という程度の、杞憂《きゆう》に近い心理だったのではないだろうか。神話にこと寄せているのは現実感がないからだ。

『富士日記』に富士山の噴火について語られていることは、私の記憶では多分一度もない。百合子さんたちが、山荘で暮らしていた時代は、さすがに富士山を「死火山」とは考えていなかっただろうが、学者も地元民も噴火が近い未来に起こりうるとは考えていなかったのだろう。いつも思うことだが、科学の世界にさえ、いまだ迷信のような未開拓の領域がある。

『富士日記』では話題の一つとしてさえも噴火のことが出てこない。日本人の誰もがその可能性を否定出来はしなかったのに、この時代にはまだ噴火の現実性はまことに乏しかった。

しかし、現在はどうか。二〇二一年、山梨県と静岡県は、富士山噴火の際に、どのような被害が発生するかを想定した精密なハザードマップを作成した。洪水のように一本の川が氾濫するときは、比較的、被害は予測しやすいが、富士山の噴火は山頂からか、宝永火山のときのように山腹からか、それさえ決められないので、マップは何種類にも分かれている。そのため、マップはネットで見られるものの、紙製のハザードマップを配布してはいない。

二〇二二年四月、私は別荘地が所属する鳴沢村の役場に赴き、災害担当の職員と会話を交わした。中堅の男性職員は「必ず噴火があると、個人的には思っています」と強い口調で断言する。

答えは分かっていたのだが、私は訊いた。

「地元の住民は危機感を持っていますか？」

「いやぁ、持っていないですね」

それはそうだろう。地元の人たちは、富士山麓が生活の場所なので、噴火が怖いからといって他所《よそ》の土地に移住するのは現実的ではない。噴火はあと五十年、あるいは百年起こらないことのほうに賭ける気持ちになるのは当然である。富士北麓地域では新しい住居地区が拡大し、新規の商業施設もオープンしている。樹林帯が伐り払われて、ホテルや精密機械などの工場の建物も増えてきている。私のいる別荘地でも、至る所で新規の山荘建築が進んでいる。噴火を前提にこうした開発が行なわれるわけはない。人々は「当座、噴火はない」と信じているのである。実は、当座イコール永久なのだ。

地元民だけではない。噴火が起きて、最初に被害を受けるのは、登山者であろう。しかし、富士登山の何万人という人たちも、登っているときに噴火が起こると考えているわけがない。

鎌田浩毅『富士山噴火と南海トラフ』（講談社ブルーバックス）はこれから起こるに違いないという大災厄について、分かりやすく明晰《めいせき》に説明している本で、これから何度もページを繰ることになるだろう。しかし、富士に暮らす者にとっては暗い気持ちにさせられる内容に充ちている。噴石・火山弾は、噴火と同時に時速何百キロというスピードで我が家の周辺を直撃して、私もその一つを身体に受けて、瞬時にあの世に送り出されるということさえ想像は簡単だ。家のなかに逃げ込んでいても、スレートの薄い屋根など簡単に貫通してロケット弾のように飛び込んでくる。スレートの上に金属を貼った屋根であっても、何発かの噴石が降ってくれば、屋根全体が崩落してしまうだろう。

噴火の様相が単純なものではないことは、同書の目次だけで一目で分かる。噴石と火山弾のほかに、溶岩流、火山灰、火砕流と火砕サージ、泥流、山体崩壊。

どういう噴火になるのか分からない限り、我々は噴火の予兆が見えたときに、すぐに避難していなければいけなくて、噴火してからでは遅いということだ。

噴火口がどこになるかも、まったく予測がつかない。古代、近世の噴火で名高いのは、八六四年の貞観《じょうがん》噴火と一七〇七年の宝永噴火である。その二回を含め、歴代の噴火口が富士山の南東部と北西部に集中している。これから起こりうる噴火もその線に沿うと考えると、北西部は青木ヶ原樹海の方向なので、私のいる富士桜高原はかすかだが逸《そ》れている。

少なくとも数時間はまえに避難勧告が行なわれていれば、逃げ出すことは出来るだろう。ただし、東京も火山灰によって、首都機能が不全状態になると予測されているので、逃げる方向については、正解があるかどうか。

先に述べたが、私にとって一番心配なのは、噴火と同時に放出されるので、避ける余裕がないと説明されている「噴石」のことだ。二〇一四年の御嶽山《おんたけさん》の噴火で犠牲になった六十名弱の登山客の多くは噴石の直撃で命を失った。噴石は火口から一キロの場所でも秒速百メートルを超えるスピードで落ちてくるという。時速ではなく「秒速」というから、あっと叫ぶヒマもない。

山頂から十キロ弱の私の山荘は、噴石の直撃可能な範囲にある。武田山荘ももちろんその範囲内に入っていた。秒速百メートルのミサイル攻撃では身のかわしようがない。

鎌田氏の本では〈噴石の飛来範囲は火山噴出物の中では比較的狭いが、（中略）迅速に避難する必要がある。具体的には旧・上九一色村や鳴沢村がこれにあてはまる。〉とあるが、まさに私の家は鳴沢村にある。

富士山頂から目測で十三、四キロの須走の町の冨士浅間神社に行ったことがある。この神社のことも『富士日記』には登場している。参道入口に、この地に飛来した火山弾が鎮座しているが、その大きさたるや！　そのゴツゴツした質感の不気味さたるや！　ちょっと度肝を抜かれる存在感だった。このような火山弾に直撃されれば、即死であるどころか、肉体はザクロを踏み潰したようにグシャグシャになってしまうだろう。

ちなみに、火山弾と噴石は別のもので、溶岩が空中に放出され、飛んでいるあいだに紡錘状となった直径六十四ミリ以上の固体が火山弾である。

多少安心材料は、火口から二キロを超えるところに飛んでくる噴石の速度は速いが、石の大きさはさほどではないという点である。

いずれにせよ、噴火が始まった時点で自宅にいた場合、私たち夫婦はすぐにクルマに飛び乗って下界目指して一直線に走り出さねばならないだろう。難しいのは、国道１３９号まで到着したあと、東か西かどちらに逃げ道を選ぶのかということだ。

恐らく山麓の町はパニック状態だろうから、多くのクルマが一斉に逃げ場を探して這い出しているいると予想出来る。河口湖インターおよび東京方面の高速が猛烈に渋滞することも考えられる。渋滞している間に、噴火が勢いを増して、火山弾が中央道まで届くかもしれない。一台が破損して立ち往生すれば、一車線は塞がれてしまう。こういう場合、得てして二次災害が起こる。鳴沢村役場の担当者も東京方面かあるいは富士宮、または御坂峠に向かっていけばいいのか、そのときの噴火の状態を見ないと分からないと話す。

噴石よりも怖いかもしれないのは、火砕流である。溶岩流ではなく、煙か雲のように湧き上がってスピードを増して降りてくる。溶岩だけではなく、ガス、岩石などを含んだ爆弾のような団塊が時速百キロで襲ってくるのだと。

さらに、最も怖いのは山体崩壊であるらしい。これが起こったらひとたまりもない。時速は二百五十キロという超スピードで下ることもあるらしいので、クルマを急発進させて百二十キロで逃げてもすぐに追いつかれてしまう。

二〇二二年の春に富士吉田市の避難方法として「市街地は原則徒歩で」という指針が行政から発表された。大災害のときに、全員がクルマで逃げようとすれば、道路はクルマで溢れて、全車両が立ち往生してしまうだろう。被害で心配されるのは溶岩と火山灰だが、どちらも移動のスピードが遅い。だから、この地域は徒歩でいいということになったのだ。

私は思案の末、とりあえず何本かある下りのルートから、富士桜カントリー倶楽部のまえを通って、小立という交差点の先にある広大なショッピング施設「フォレストモール」の駐車場を目指すことに決めた。

『富士日記』で、噴火の心配については、まったく述べられていないのは当然かもしれない。夫妻は、大正昭和に教育を受けた大方の日本人同様、富士山は「休火山」と教科書で習っていたはずだ。私は、第二次世界大戦のあとの戦後の生まれであるが、やはり教科書では休火山と教えられてきた。御嶽山などは、噴火の記録が残されていなかったので、死火山ということになっていたと聞く。死火山でさえ噴火したのだから、休火山が永久に休みをとっているわけはない。

泰淳百合子夫妻の生きている間には、とうとう噴火は起こらず、百合子さんの亡きあと三十年経つ今も噴火の予兆はないので、二人は間違ってなどいなかったのだ。

我々、現在富士に暮らす者にしても、「噴火はない。少なくとも我々が生きている間は」という根拠のない理屈を胸のうちに並べている。

第六章　『富士日記』聖地巡礼

北口本宮富士浅間神社

〈浅間神社の境内には雪がそのまま残り、小暗い参道を白装束の富士講が七、八人帰ってくる。鈴の音がひびく。御札所に人がいなかったので左の詰所に行く。神主さんは一升瓶を二本しばった奉納のお酒をぶら下げて、札所まできてくれ、お札を売ってくれる。あれこれと考えて、交通安全百円、お守り札三十円。花子、自分のお財布からお金を出そうとして、なかなか財布の口があかない。神主さんもわれわれも待っている。やっとチャックがあけられてお金を出し、自分のお札を頂く。〉（『富士日記』上巻P239～240）

武田家の人たちは、泰淳が脳血栓を起こすまえ、正月に富士にいるときは、必ずこの神社にお詣りしている。この神社について、私はまったく思い違いをしていた。何年も前に一度、正月に妻と初詣をしたときに、本殿から続く地元民の行列に驚いて、早々に退散してしまったので、印象としては境内の狭い、小規模な神社だと思っていた。ところが、この本を書くために再度五月に訪れたところ、国内でも有数の巨大な木造鳥居の偉容に打たれ、本殿を囲む、ぶっといヒノキとスギの古木に驚いてしまった。二本聳えているうち本殿右手の「富士夫婦桧《ひのき》」は、二本の樹が寄り添って、まるで一本のように育ったもので、樹齢千年だという。高さは三十三メートル。灯籠《とうろう》の立ち並ぶ参道の趣も素晴らしい。惜しむらくは、駐車場が少ないと感じられることだ。何カ所かに設けられているが、まだ足りていない。武田一家が訪れたときに、札所に巫女《みこ》さんの姿がないことがあったと書かれているが、参拝客が増えている現在ではあり得ない。

富士山を神と崇める浅間神社は全国で千三百を数えるそうだが、多くは富士周辺に点在している。したがって、富士の周辺には浅間神社と名の付く神社の数が非常に多い。富士宮市の富士山本宮浅間大社がこれらの浅間神社の本宮ということらしいが、「らしい」というくらい他の浅間神社も堂々としているし、たとえば北口本宮が富士宮の本宮から格が落ちるということでもないらしい。ただ、歴史上最も古いのは富士宮の本宮だという。

北口本宮は、地元の領主の庇護がなくなってしまった江戸中期以来、富士講すなわち富士登山を目的とする信仰者の一団が入山するまえにここにお詣りしたという。金銭的な寄進もしていたようで、この神社は物心ともに富士講に支えられたのだ。

なお、富士山の八合目以上は富士宮の本宮浅間大社の所有物ということになっていて、山頂に据えられている奥宮は、本宮大社の神髄であり、昭和天皇もお詣りしたという。

私は富士の山頂を極めるという意欲がないので、奥宮に手を合わせることは一生訪れないだろうが、中央公論社の近藤信行の手引きで登った百合子さんは奥宮を拝礼したのではなかろうか。

　我が家は長いこと、河口湖の北岸にある河口浅間神社のほうにお詣りしていた。こちらは、スギの巨木が境内に何本も立ち並んでいて、昼なお暗く、人々から忘れられたような野趣があったが、近年は境内が整備され、本殿を修理彩色するなど、面目を一新したため正月もなかなかの繁盛ぶりである。二〇二二年は参拝を諦めなければならなかったほどの混みようだった。

『富士日記』には「下宮」と略称されている下吉田の「小室浅間神社」は、下吉田にあるので、下宮なのであって、北口本宮の分社ではなくて、独立した神社なのだそうだ。小規模ながら毎年九月の祭で「流鏑馬《やぶさめ》」があるので、境内に廏《うまや》が設置されていて、馬も一、二頭馬場に佇んでいる。それらは老馬だったし、頭数も少ないので、流鏑馬のときに走る同じ馬ではなさそうだ。ここの流鏑馬は、的を射ることで勝敗を決する式ではなく、馬が走った蹄の跡で吉凶を占うという。馬蹄で吉凶を占うのは、占人《うらびと》と呼ばれる特別な方々で、具体的な判定法は一般人には分からない。

　この神社は、歩いて来られる地元民は別にして、よそ者がクルマで来るにはアクセスに難がある。周辺道路も駐車場も狭い。神社の境内も狭いので、流鏑馬は神社前の川沿いの道路で催されるという。

　アクセスに問題があるのは、近年、富士見の絶好地として評判の高い「新倉《あらくら》富士浅間神社」。駐車場までの道路が単純ではない上に狭いのだ。駐車場自体はほどほどの収容台数がある。夏場は雪が解けて黒いだけの山体だから、晩秋以降、空気が澄んで、冠雪した美しい富士をこの神社

北口本宮冨士浅間神社の大鳥居。高さ15メートル。木造としては日本最大級。この大鳥居が文献に登場するのは1480年。それから幾度も建て替えが行なわれて、現在の鳥居は2014年に竣工したものである。

の階段上から見るのは、たしかに絶景には違いない。私は一回、たしか夏場に行ったが、雲に隠れて富士は見えなかった。

東富士五湖道路を使って須走まで走ったことがある。ここには、東口本宮冨士浅間神社がある。何社も「本宮」を謳《うた》っているので、神様の代理人ながら浅ましい印象を受けてしまう。「噴火」の節で述べたように、参道入口の火山弾の大きさに肝を冷やした。参道も本殿周辺も整備されていて、境内を流れている水路も清冽《せいれつ》、本殿も新築の建築物のように清潔感の強い神社だった。

その他に、河口湖南岸の冨士御室浅間神社がある。ここは、知名度が低いのだろうか、参拝客が少ないようだ。境内はほどほど広くて、趣があるが、やはり駐車場が整備されていない。河口浅間神社のように、駐車場などの整備をするとずっと参拝客が増えると思うが、余計なお節介か。

船津胎内樹型・無《む》戸《つ》室《むろ》浅間神社

〈昨日、帰りがけに見て通り過ぎた、ムトノムロ浅間神社（旧御胎内）に、午前中三人で出かける。（中略）入場料一人五十円、刷りもののお札二枚、「おぼしめしでいい」というので百円あげる。御胎内はテラテラと光っている。ところどころは赤紫色に光っている。人間の体の中の色はこんなかもしれないなと思わせる。奥の方は両手と両膝にワラジをはめて、這ってくぐってゆくところもある。グロテスクで、因果ものめいていて、助平くさい。気味がわるい。留守番のおじさんも、神主さんとか経営者とかいう感じではなく、見世物小屋の呼び込みのような感じだ。〉

（『富士日記』上巻P33）

『富士日記』最初期の記述である。初詣ではなく、八月二十四日に訪れている。武田夫妻はこの神社にも初詣をすることがあったようだが、『富士日記』にはこの日の記録しかないはずだ。神主ではない地元の村の者が受付をやるのだが、印象ははなはだ悪かったようなのは、この日のおじさんは、左腕を骨折していてギブスをはめ、下はステテコ姿だったからだろうか。それとも、数日まえに、別荘地の管理会社の人が登記のことで、連絡の悪い対応をしたため、武田夫婦が不愉快な目にあった、その気持ちが残っていたからだろうか。

　この神社の規模は非常に小さいが社の脇から入り込む胎内樹型は、一度は覗いておきたい。奥の横穴は一メートルしか高さがないので、背中を折り曲げるだけでは足りなくて、文字通り這って進む。ドン詰まりに祀ってある仏像（？）に手を合わせるために、奥まで行くしかないのだ。

　武田夫妻がお詣りしたときよりも、運営システムが改良されたせいか、社務所も出来て、係りのおじさんの応対も気持ちよく、一人しか這っていけない穴の入口で見張りをしてくれるのは、なかなか親切なことだとありがたかった。なお、境内に植わっている背の高い中木に白い小さな花がびっしりと満開だった。別荘地でもときどきこの樹は目にするが、名前が分からないでいた。係りのおじさんは即答。エゾノコリンゴだそうだ。花は六月に咲く。

　翌日は身体のあちこちが痛むこと必至であるが、以前は富士講の参加者たちが、ここにお詣りしてから富士山に向かったそうだから、霊験あらたかな体験には違いない。生涯一度は体験してみてほしい。

スバルライン二合目・富士聖母像

〈イタリヤからきたという大きな大きなマリヤ様は白い大理石でキリストを抱いて佇《た》っている。キリストもマリヤ様も王冠をつけている。マリヤ様の顔はいやらしくない威厳がある。〉（『富士日記』上巻Ｐ197）

百合子さんの時代とは違い、スバルラインは夏のハイシーズンに規制があって、胎内樹型の交差点から上は、マイカーの通行は禁止されている。スバルラインは山梨側の有料道路で、料金は普通車往復で二千百円。七月、八月のマイカー規制期間中はバス、タクシー、ＥＶカーなどが通行出来る。バスは二合目は通過してしまうので、三合目で降りて徒歩で下ればマリヤ像を見ることが出来るだろうが、スバルラインは基本自動車の道である。タクシー利用がお勧めである。

百合子さんが立ち寄ってから何十年もあとだが、この聖母子像のマリヤ様は、いまも美しさを保っている。『富士日記』のなかでは、引用部分のほかにもう一回このマリヤ像に触れている箇所がある。娘の花を連れていったときで、花は、マリヤの顔が「怖い」と感想を述べる。

私が訪れたのはまだマイカー規制が始まる前の六月中旬である。案内板によると建立は一九六四年だという。まさに、武田夫妻が山荘の暮らしを始めたころである。それから、六十年近く経っても、聖母子は暗い森のなかで、あくまでも白く気高く浮き上がって見えた。確かに大きい立像で、近くから見ると、圧倒される感じがあった。怖いと感じる人がいるのは納得だ。

富士山二合目の森のなかに建つ聖母子像。背後の壁には、世界各国から寄せられたメノウ、石英などを嵌め込んだ石のほかベルリンの壁の石なども埋め込まれている。

百合子さんの時代から何十年もあとなので、周囲の樹林が茂り過ぎていて、切り倒された幹々が無造作に参道（？）の坂の周辺に放置されているのは、決して気持ちのいい風景ではなかった。百合子さんも同じ場所に立って、この同じマリヤ様を眺めていたという感動を味わいたかったが、周辺の景観が残念だった。

丁度、二合目の休憩所と駐車場の拡張工事をしているときだったから、それに合わせて、マリヤ像の周辺も綺麗に整えてほしいものだ。百合子さんの時代に見えた河口湖の湖面も再び見えるようになるのではなかろうか。

富士山五合目

〈五合目の馬方は、馬に乗れ、馬に乗れ、とうるさくすすめる。見ちがえるほど立派になった茶店には、やっぱりラーメンのつゆの匂いがたちこめている。主人は絵葉書と登山笠などを買って、白土さんにあげたがる。〉（『富士日記』中巻P222）

ここで語られているのは、昭和四十二年、西暦だと一九六七年である。現在は、食べもの店の数も増えていて、店内スペースも広いので、表にまでラーメンのつゆの匂いが漂ってくることはない。いまから五十年前というと、トイレは汲み取り式のころだろう。後年、世界文化遺産の称号を獲得するために富士山五合目の施設も大幅に外観、衛生面、安全面などで大規模な改良がなされた。世界自然遺産の審査に落ちたときから、富士山は一流の観光地というステイタスを取りに向かったのである。

小さな展望台が富士山小御《こみ》嶽《たけ》神社の脇に建てられたのは、かなり前で、百合子さんも登っている。『富士日記』では、備え付けの望遠鏡がイカれていると指摘しているが、私は覗かなかった。ここからは、山中湖のほぼ全景が肉眼で見える。

馬に乗って、奥庭と呼ばれる場所まで往復する商売があるのは、『富士日記』の時代と同じだが、馬方が「馬に乗れ」としつこく誘う光景は見られない。世界遺産のおかげで、客引きもスマートに変わったか。

この場所でお勧めは、郵便局の出張所である。入口には昔ながらの赤いポストが立っている。ここでしか購入が出来ないという富士山の写真を使った記念切手や絵はがき、富士山を象《かたど》った絵はがきなどもある。窓口のおじさんも穏やかで品が良く、つい一品二品買ってしまうのである。

出光ガソリンスタンド

〈大晦日は山を下ってから十二時半頃まで、武田山荘で飲んだ話をしながら、その合間にガソリンの客にガソリンを売って、それから御来迎を拝みに上る客にガソリンやチェーンを売ったり貸したり、スノータイヤを貸してとりつけてやる仕事をした。二、三百台位山へ上ったが、そのうち三分の一かもっと、うちのスタンドへ寄ったから、ずい分ガソリンを売った。〉（『富士日記』上巻Ｐ238）

高速の河口湖インターが出来ておらず、まだ、ガソリンスタンドが少なかった当時は、ここしかガソリンを入れるスタンドがなかったが、道路の整備が進むにつれて、競争相手が多くなってくる。前にも書いたが、高速出口から出たクルマが、「スバルライン入口」という交差点で富士山五合目を目指す場合は、左折し、鳴沢方面に直進するクルマは、立体交差の下の国道を通るので、右折して河口湖駅方面に向かうクルマ以外は出光のスタンド（梶原おじさんのガソリンスタンド）の前を通ることはない。

百合子さんは、ガソリンを入れるついでに、休憩所に入って、おじさんの話をたくさん聞いていて、それを日記に丹念に記録している。現在、スタンドを仕切っている梶原たつ江さんによると、百合子さんはかなり長い時間、休憩所に座って、居合わせた人たちの話に聞き入っていたそうだ。いまもその休憩所の伝統は引き継がれており、常連の人たちの寄り合い所となっているようだ。

私も長い時間、山の家にいると、夫婦だけの会話では物足りなくなって、麓に昼飯を食べに行く。啄木の歌にあるように「人ごみの中にそを聴きにゆく」のである。武田夫妻における大岡夫妻に当たる存在が近所にあればどんなにいいだろうかと最近しきりに思うのである。

テレビ塔

〈濃霧。富士山中継塔の前の上りで、私の車草むらにつっこんでとまる。助手席の主人、「百合子酔っている」と吐きだすように不機嫌に言う。〉（『富士日記』下巻P398）

スバルラインSSの休憩所。百合子さんの時代は、二階部分はなかった。多少の改造はあるが、一階はほぼ百合子さんがおじさんの話に耳を傾けたときから変わっていない。

中継塔というのは、テレビの送信アンテナ塔のことである。富士レイクサイドカントリー倶楽部の縁に沿って、西方向にクルマを走らせれば、富士山を背景にして左手に見えてくる。NHKとYBS山梨放送、UTYテレビ山梨という三局のテレビ用送信アンテナが小山の上に聳えている。

泰淳は、横転しかけたこの事件からふた月後に亡くなる。言動に不機嫌さが目立つのは、癌の病状が進んでいたからだろう。この事故の原因は、タイヤの空気圧のバランスが悪かったためで、酒酔い運転のせいではなかったというのだが、百合子さんがあえて抗弁しなかったのは、夫の体調不良を心配していたからだろう。

泰淳は、このときの事件を忘れなかったとみえて、最後になった入院の前に埴谷雄高を相手に「この女は危険ということを知らないで暴走するんだ」と訴える。病巣から出る毒のためか、すでに妄想の域に入っていたようだが、事故になりかけた出来事がよほど頭脳に沁《し》みていたのだ。

現在でも地形は変わっていない。テレビ塔直前の坂道は急な上に右にカーブしている。夏場はいいが、冬場に凍結などしているとチェーンなしでは登り切れないだろう。

百合子さんが「坂の上バス停」と『富士日記』で書いているのは、この坂の上の場所のことかもしれない。現在、そこにはバス停はないが、巡回バスの通行路であるので、かつてはあったのかもと、巡回バスの運転手さんに尋ねてみたが、「坂の上バス停」は聞いたことがないということは、前述した通りである。

朝霧高原と白糸ノ滝

〈静岡県境から道はよくなり、裾野も北麓とはちがった広々した明るい景色となる。〉（『富士日記』上巻P172〜173）

〈主人かんビールをのんで上機嫌。しばらく来ないうちに朝霧高原のあたりは食堂、モーテル、別荘など大分建った。いつのまにか出来ていた富士宮へ出る有料道路も通ってみて引き返す。〉（同、下巻P380）

広々と明るい一面の緑、牧場の景色は、山梨県側の富士北麓では見られない。それ故か、百合子さんたちは、朝霧高原が大のお気に入りである。『富士日記』の上中下三巻に満遍なく登場する。「かんビールで上機嫌」の文章は、泰淳が亡くなるたったふた月まえに書かれたものだ。癌が進行していた泰淳の胃にビールのアルコールが浸透していったと想像すると、なんとも辛い気持ちになる。

以前、画家林武と出会った食堂はいまや古びてしまい、客がまったく入っていないとある。富士が真正面に見えるこの場所で、林は画商のいいなりに「赤富士」の絵を画《か》かされていたのだ。狭隘《きょうあい》な山梨側から風光明媚な静岡側に来ると、農作物、果実、乳製品など豊かな印象があり、牧場が多いあたりは、草地が彼方まで広がり、気持ちが晴れやかになる。こういう景色を武田夫妻は好んでいたのだ。ただし、樹木の少ない牧場地帯には、夏場の太陽がまともに照り付ける。

現在の朝霧高原は、さらに整備され、「道の駅朝霧高原」「あさぎりフードパーク」「まかいの牧場」「富士ミルクランド」など大規模施設が点在していて、観光客を山梨、静岡両県側から集める仕掛けになっている。

「道の駅朝霧高原」は、野菜を目的に来ると、売場の少なさに失望するだろう。山梨県に戻って、「道の駅なるさわ」を利用したほうがいい。隣接した「あさぎりフードパーク」のほうに有り難みがある。私が気に入っているのは、ブッフェスタイルのバイキングレストラン。一人二千百円とやや高額だが、野菜も豊富で料理も質が高い。コーヒーもグッド。糖尿の私だが、朝霧の牛乳を使った食べ放題のソフトクリームを我慢するわけにはいかない。

〈うちはみんな白糸の滝ギライなのである。〉（『富士日記』上巻P401）

確かに、クルマから滝のあるところまで降りていくのは、現在でも多少距離はある。百合子さんの時代には、駐車場も小さく、昔ながらの土産物屋が何軒か並んでいただけだった。一九九〇年くらいに、私が家族と初めて訪れたときも風景は変わっていなかったと思われる。

〈道路よりもだらだらと低くなったところに軒の低い小さな茶店がごたごたと並んで、おでん、ところてん、ラーメン、ゆで卵の匂いが一緒くたにしている。〉（同、上巻P173）

〈白糸の滝のびしょびしょした暗い景色より、朝霧高原のあたりの方が好きだ。〉（同）

陰気な印象が強かったこの場所、二〇二二年夏に、私が訪れたときには、一帯の変貌ぶりに驚いた。滝へ下る土地が大開発されて、かつての閉鎖的な暗さは消え失せ、駐車場が広くなり、観光バスが何台も停まれるようになっていて、駐車場とつながった広い敷地にきれいな建物のレストラン＆土産物店が開業している。滝のある谷間に降りて行くと、かつての小さな茶店は消失し、整備された道の際に二軒ほど昔風の土産物店があるだけだ。滝を見晴らす橋も真新しい。かつての秘境感は失せて、大観光地になっているようだ。百合子さんも、いまならこの滝を見直すのではないか。いや、逆に観光客が増えてしまったので、やはりお気に召さないかも。

富士レークホテル

〈湖畔のＬホテルに行くと、外川さんが予約しておいたはずだというのに満員だという。〉（『富士日記』上巻Ｐ130）

Ｌホテルは現在も元気に営業中だ。湖の東岸に建つ富士レークホテルのことである。「レイク」ではなく、「レーク」であるところに、時代を感じさせるが、どっこい現在でも内容はスマートな良いホテルだ。

武田家初めての河口湖湖上祭、つまり八月初めの花火の夜である。当時は違っていたかもしれないが、現在は富士五湖の一つずつを順繰りに花火大会が開催されて、最後の締めが河口湖である。外川さんは、泰淳に来てほしかったのに、百合子さんと花しか来なかったので、いたく失望する。河口湖消防団誘導部長と襟に染められている印半纏《しるしばんてん》姿を見せたかったのだ。だから、翌年、泰淳が来ることになったときには、喜びを全身に表わしていた。

〈「今年は、よく来る気になったなあ」彼は、一種の感動をこめて言った。
「そりゃあ、どうしても来たくなったから来たのさ。どうしてもなあ」私が大声でそう言うと、彼の武骨な、ヒゲのそりあとの濃い顔には、やさしげな微笑、ほとんど愛すべきと称したいほどの微笑がうかんでいた。〉（『富士日記を読む』P291「花火を見るまで」武田泰淳）

このとき、武田一家は二回目の湖上祭見物である。会場はレークホテルではなく、現在は廃業して無くなった「小曲園」であった。

さらに翌年の湖上祭は、外川さんとではなく、別荘地に新たにやってきた大岡昇平と一緒である。再びLホテル、すなわち富士レークホテルである。事前に和食定食を予約していたが、思いのほか旨かったとある。

〈Lホテル。夕食四人四千円、ビール千八十円、ジュース七十円、サービス料五百十五円、税五百六十六円、合計六千二百三十一円。〉（『富士日記』中巻P177）

現在の「レークホテル」のカフェは宿泊客以外でも利用出来て、湖畔に面したガラス窓からの眺めも素晴らしく、食事もリーズナブルで美味しい。お勧めである。河口湖周辺の食事処が混んでいるときでも、意外と空いていることがあるので、困ったときには覗いてみるのがいい。駐車場は少し離れているが、ここも十分なスペースがある。カフェの窓から、百合子さんや外川さんの姿を湖畔に思い浮かべて往事を偲《しの》ぶのもいい。

富士五湖

〈河口湖の通りは大へんな人出と車の排気ガスで、東京と同じにおいがしている。湖上はボートと遊覧船とモーターボート。湖畔は、紙クズと食べ残しのゴミの山と観光バスと車で、歩くところが少ない。〉（『富士日記』上巻P15）

五湖のうち、まずはもっとも観光地化している河口湖から始めよう。百合子さんが、終始、河口湖に対して好意的でないのは、こうした印象が最初から刻印されてしまったからだ。東京周辺のチープな観光地そのものの景色に感じたからだろう。湖畔に公園や遊歩道の余裕のなかった河口湖は、当時は北東部に旅館が建ち並ぶだけのつまらない地域だったのだろう。泳ぐのが好きな百合子さんは、もっぱら山中湖か本栖湖に行っている。河口湖で泳いだことは一度もないはずだ。

ただ、外川さんの義兄がワカサギ漁に従事する漁師だったので、泰淳もワカサギを網で上げるときに、参加したことが書かれている。外川さんは、ワカサギだけではなく、大きなフナも山荘に届けているが、やはり義兄が取ったものだろう。

紅葉の時期に樹海に向かうのは、武田夫妻のお決まりだが、河口湖周遊の道路も何度か一周している。ただ、やはりどこかで停まってゆっくりと湖畔の雰囲気を楽しんではいない。

現在は、新しい公園が整備されたり、湖畔に遊歩道が増えたりしているが、温泉旅館を中心に栄えた湖畔は、別荘族にとって楽しい場所ではなかったのだ。

現在の河口湖畔でお勧めは、旅館・ホテルが建ち並ぶ大橋の東側ではなく、南岸の乳ヶ崎北という交差点を西に入っていった沿岸地域である。八木崎公園は前面に河口湖、後背に富士山が控えている。前後両方が最高の状態で見える日はそんなに多くはないだろうが、空気が澄んで、富士山がくっきりと見える日は、生きていて良かったという歓びが湧いてくることだろう。園内には、夏場の七月にはアジサイが咲き誇るが、広大な畑にはラヴェンダーがかぐわしい匂いを放つ。その畑を抜け、河口湖ミューズ館を過ぎて、再び元の自動車路に出ると、角にカフェ「ＣＩＳＣＯ」がある。この店については、前に述べた。

湖岸の道路をさらにくねくねと進むと小海という地域に通りかかる。小さな「道の駅」と大きなトイレがあり、駐車場が比較的大きいので、クルマを入れやすい。芝が敷かれた湖畔の広場を歩くと気持ちが良い。

山中湖は富士五湖のなかで一番大きい。河口湖よりも面積が広いのと、標高が一番高い。

〈そのまま山中湖へまわり、十一時半頃より泳ぐ。くもり勝ちだが風がなく、油のようにとろりとした湖面を、体が水をかく音をききながら、ゆっくりと泳ぐ快感。〉（『富士日記』上巻P122）

日付は七月三十一日。山中湖も泳ぎが得意な百合子さんが好きな湖である。百合子さんは抜き手ですいすい泳ぐ。遠浅で底が砂なので泳ぎやすいと、花は証言している。しかし、山中湖の湖畔には、河口湖のような広大な駐車場がないので、クルマを停めるのが不自由。私は泳ぐこともボートに乗ることもしないので、山中湖に行くことはめったにない。富士吉田方面からの国道が途中から狭くなり、夏場は常に渋滞するのも問題である。

最近知ったのは、湖畔を一周するサイクリング専用の道路が整備されていること。一部自動車道の路肩を通るのが難だが、初夏の陽射しの下で光を弾く湖面を横目に走ってみたいものだ。自転車は、貸し自転車店が出発点にあるとかで持参の必要はない。

　百合子さんはもっぱら泳ぎだが、かつて私は低山ハイクの人だった。四十代後半だったろうか、湖畔北側のバス駐車場から、友人二人と低山を登ったことがあった。登り始めてすぐにパノラマ台という見晴らしのいい場所に着いたと記憶する。南側に山中湖を挟んで、富士山がすぐそこに聳えている景色は絶景としか言いようがない。しかも、初秋だったので、ススキの穂が一面絨毯のようになだらかに下っている様子も素晴らしかった。

　三島由紀夫文学館があったり、故石原慎太郎など芸能人や財界人の別荘も多いそうだが、山中湖のどこに魅力があるのかまだまだ探求の余地がありそうだ。

　百合子さんが一番気に入っているのは、本栖湖である。

〈本栖貸ボート場のそばの水泳場で一時間泳ぐ。入江とちがって、ここは海のようにだんだんと深くなるし、下も砂が多く歩きよい。渚の水はぬるんで濁っているが、五メートル行くと澄んでいる。十メートル行けば背が立たず、青々となり、二十メートル行けば菫《すみれ》色に澄んで怖いようになる。〉（『富士日記』中巻P170）

　本栖湖の様子も当時とはかなり違っているだろうが、湖畔を巡る道路は百合子さんの時代からあった。だが、現在でも道路が整備されているとは言えないだろう。湖畔入口から奥へ向かうほど、道幅は狭くなり、夏の最盛期にはキャンプ場を訪れるクルマの列に前方を阻まれることもある。湖の奥に行きたければ、釣り人や観光客の少なくなった時期を狙うほうがいいだろう。

　湖水のきれいさは百合子さんの時代から変わっていない。モーターボートは走らないので、サップと呼ばれる、パドルで漕ぐボートのようなサーフィンのような遊びが盛んになっている。何年も前にハワイで目撃したときから関心があったが、ボードをクルマの屋根の上に載せて運ぶのがちょっと面倒かなと考えていた。今は、空気入れで膨らませる式のボードもあるそうなので、そのうち本栖の湖面でパドルを操る私の勇姿を見ることが出来るかもしれない。

武田夫妻は、精進湖には紅葉狩りで湖畔を回っているが、登場回数は少ない。ほとんど行かなかったようだが、西湖にはよく出かけている。「西湖荘」の食堂で何度か食事もしている。この湖でも泳いだという記述があったはずだ。比較的百合子さんが気に入っている湖である。ちなみに、「西湖荘」なる宿泊所はもういまは見当たらない。

百合子さんは女学生のときから、あちこち泳ぎに行っていたようだが、『百合子さんは何色』のなかで、横浜本牧《ほんもく》の間門《まかど》で泳いだと書かれていた。間門の海はかなり前に埋め立てられて、工場が建ち並び、殺風景な景色だが、それ以前は風光明媚な景勝地だった。

余談だが、その海に臨んだ崖の上に間門園という宿があり、山本周五郎が長年仕事場にしていたところである。周五郎はここでほとんど寝起きもしていたので、周五郎ファンにとっては聖地といっていい。周五郎亡き後、数十年のちではあるが、私は都合二回ここを訪れている。

冨士霊園

〈梅崎さんのお墓にビール一本（新）、オールドサントリー（仕事中ののみかけ）、ぶどう酒一升瓶（更にのみかけで、下の方に五センチばかり残っているのを一升瓶ごと持ってきた）と柿一個

（これも食卓にあったもの）を供えて、水を汲んできてお墓にかける。〉（『富士日記』中巻P394）

〈夫人は「今朝早く埴谷［雄高］さんから電話がかかってきたのよ。『椎名君のお墓は富士山を背にしたところがいい』とおっしゃるの。丁度、うまくそんなところがあればいいけど」と、低い声で囁《ささや》く。〉（同、下巻P340）

このころから（少なくとも椎名麟三のお墓が建った一九七三年ごろ）日本文藝家協会は富士霊園と契約を結んでいたらしく、五パーセント引きで墓地が買えたとある。

富士にもっとも縁の深かった武田夫妻は、富士山麓から永遠に去ってしまったのに、「富士なんてどこがいいんですか」と嘆いてみせた梅崎春生も関西育ちの椎名麟三も東京から結構な距離のある富士霊園にどうしてお墓を作ったのだろう。やはり、文藝家協会の勧めがあったからだろうか。

富士霊園から、自動車レースや走行実験が行なわれる富士スピードウェイは指呼の間《かん》である。レースの開催中には、山地である富士霊園にもエンジンの爆音がよく届くそうだ。永遠の眠りが妨げられなくなるには、自動車からガソリン・エンジンが外され、電気モーターに替わる日を待つしかないだろう。

青木ヶ原樹海

〈八時半、紅葉見物に出かける。主人同乗。大岡家の前にとめて覗く。大岡家は今日で山荘を閉じる。荷物が玄関先に積まれている。デデがとんで出て来る。大岡さんは手伝いの人の車で青木ケ原の樹海に紅葉見物に出かけていて、奥様と玄関先で話す。
富士山は五合目まで雪。テカテカに光っている。五合目から下は、すっかり紅葉、黄葉している。
樹海の紅葉は、この分なら十一月のはじめまでは続きそうだ。きわだって美しく紅葉するので、いつも目印にして憶えている山の中腹の一本の樹や樹海の中の蔦《つた》は、今年もちゃんといつものところにある。何だか安心する。〉（『富士日記』下巻P111）

武田夫妻は、『富士日記』の初期から紅葉見物に必ず出かけている。私とは違って、紅葉を観ることに特別のこだわりを持っているようだ。

紅葉の季節にテレビで映し出される映像は、日光ないし京都ばかりである。京都などは、紅葉の季節の十一月は一年で一番ホテルの部屋が取りづらいほど、紅葉というのは特に中高年層に人気があるようだ。

富士山麓の紅葉が話題になることがないのは、紅葉の見所が少ないからに違いない。その昔の小学校（首都圏だが）の遠足ではお約束の場所だった「紅葉台」は名前の通り、展望台のところまで登れば、正面に富士山、眼下には樹海が見渡せるので、確かに黄色に赤色が混じった樹林帯が広がっているのを目にすることは出来る。だが、錦織のように広がる鮮やかな景色というほどではなく、色づきも薄めなので、いまや紅葉の名所と言われてはいない。

武田夫妻は十一月の初めになると、クルマを走らせて、樹海の紅葉を観に行く。河口湖や精進湖の湖畔をクルマで一周することもあるが、そこからさらに樹海まで行くことが多い。十月末から十一月はじめの『富士日記』には、たいてい紅葉見物で樹海に向かう記述がある。

「いつも目印にしている」という山の中腹の一本の樹というのは、どこら辺にあったのか見当も付かない。「蔦」とあるのは、多分ツタウルシのことだろう。この蔦は、人間にも樹木にも害を与えるだけだが、秋になると見かけだけ美しく装うのだ。

私は、五十代に入る前は、「紅葉、紅葉」と騒ぐ声にまったく無関心だったが、現在は多少心が動く。その程度の関心だから、あえて遠方の土地に赴いて、紅葉見物をしたいなどとは思わない。我が山荘の村内で充分に見られるので、ただ晩秋にそこにいればいいだけだからだ。

第七章　夫亡き後

小説『富士』と『富士日記』

〈四十四年の夏の終りから、武田は「富士」を書きはじめた。酒量があがった。それまでは酒屋へ罐《かん》ビール、瓶《びん》ビールを買いに行くことが多かったのが、ウイスキー、ブランデー、焼酎、ぶどう酒、様々な種類の酒を買いに行くようになった。若いときとはちがうのだから、いい酒を選んで、それだけを飲む方が体にいいと人からいわれても、うなずくだけで聞き流していた。胸の中では頑に首を振っていたのかもしれない。「いい酒のあと、安酒を飲む。がくんと酔い方がまるでちがう。その落差がいいんだ」と言った。四十六年末に患ったあと、武田は原稿を書く仕事をしばらく休んだ。ときたま対談に出るだけだった。この病気に山の寒さはよくないので、晩春から秋のはじめまでを山で暮らすようになった。面倒くさがりで、私で済む仕事は私にさせていた人だったが、「富士」を書きはじめたころから病後は、ことさら、雑事を私に任せきった。このころから日記は短くて、大きな字だ。とびとびにつけたりしている。忙しくくたびれて、日記をつけるのが面倒くさくなったのだ。〉（『富士日記』下巻P355〜356）

〈堀辰雄のカルイザワ物ほどのフジ物も、文学において生れ出てくれることがのぞましいし、エジプト学にあれほどのエネルギーが集中されているのならば、フジ学にも当然、おなじ熱情が注がれても不思議はあるまいと思っている。〉（『富士日記』中巻P453「富士山」武田泰淳）

泰淳の力作『富士』は、構想が大きすぎて未完の作品が多いなか、しっかりとまとめ上げられた作品だとこの小説の担当者だった村松友視が誇らしげに語っている。確かに、初めと終わりに山荘での情景とエピソードを使って、戦中の精神病院でのストーリーをサンドウィッチのように挟み込んだ構成にはガッチリ感がある。

『富士日記』のなかで最も出番が多く、エピソードの分量が多い編集者は、中央公論社退社後に山岳エッセイを書き、山梨県立文学館の館長を務めることになる近藤信行である。近藤は文芸の人でもあるが、山の人でもある。百合子さんが、「近藤さんは疲れを知らない」とため息をついていたように、頑健な身体の持ち主だ。武田一家を引率して、富士山の山頂を極めようと予定していたのだが、その日になって泰淳の体調が不良になった。しかし、近藤は止めると言わず、百合子さんと花の二人を連れて、登頂をサポートする。武田家に出入りしていた編集者のなかで、もっとも信頼されていた人だろう。私は一度だけ近藤に挨拶をしたことがあるが、それはどこだったか。新宿の私の行きつけのバー「捺瑪《なつめ》」でだったろうか。

中央公論社で初めての純文学雑誌「海」の創刊編集長になることが決まっていた近藤が「海」での連載を持ち掛ける。先ほどの引用にあるように堀辰雄が「軽井沢もの」を書いたように、自分も「富士もの」を書こうと思うと、泰淳は伝えたらしい。しかし、堀の軽井沢を舞台にした作品において、軽井沢は抒情的な舞台として、いうならば主役の一人として登場するのに対して、泰淳の富士は具体的な山容が姿を現わし、人間界に影響するわけではない。実際に眼前にある巨大な山と言うより、抽象的な概念としてそこにあるだけなので、実は『富士』の舞台に設定された精神病院は、どこにあってもいいのだ。

大岡昇平も、『成城だより』のなかで、泰淳の『富士』に触れて、富士山自体には関係がなく、山はどこでもいいという印象を持ったと述べている。

だがもう一歩踏み込んで考えると、泰淳が富士山の麓に住み家を持ち、「富士」と題した小説を書こうとしたときに、物理的な山体以上に日本人が精神的に感受してきた「富士山」という象徴の巨大さ、崇高さというものが作品を濃厚に染め上げたのだとも思う。

せんべいが米から作られていることを知らず、糖尿を「トウニュウ」と間違え、現金同様のスバルラインの通行券を大岡に上げれば喜ぶと考えるような常識に欠けた（「非常識」というあだ名の意味がよく分かる）泰淳が、奥深い哲学的な人物像を描き分けているのには驚く。男性陣のキャラクター造形も繊細にして骨太だが、三人の個性の異なる女性を登場させ、それぞれの「性」の有様をくねくねとしぶとく展開していることには驚嘆のほかはない。

〈階級間の争いは、生産手段の私有から起きるそうである。ところで、彼女たちは男根こそ欠如しているが、平等に生むちから、すなわち生産手段を私有しているのである。いくら奪おうとしても奪うべくもない、生産手段が彼女たちの肉体に、はめこまれている。めいめいが所有しているくせに、その部分の奪取のためにわざわざ争う必要があるのだろうか。生産手段のほかに、流通機構も独占しようとする。なるほど、そうなれば、欠如したものどうしの必死の争いが展開されるのもやむを得なくなるのか。〉（『富士』P322）

思弁的にして、強引で剛腕。山荘のベランダで素っ裸になって、四股《しこ》を踏みながら、「こんなことしていちゃ、小説は書けないな」と苦笑している様子が『富士日記』に描かれているが、どうしてどうして、凄い作家なんだと感心するばかりである。

だから、富士山のように重量感のある『富士』のような小説を百合子さんの眠っている夜中に苦吟して書きながら、切れ目なくタバコを吸い、安酒に身を任せていれば、寿命は当然縮まるのである。命と引き換えに『富士』は完成したわけだ。

初めの章と終わりの章が、『富士日記』と被さっている。泰淳は、自分の死も予測出来なかったし、妻が山荘での日記を公刊するとは想像したことがないだろうから、山荘でのエピソードを使ったその二つの章については、もしも日記が公刊されなければ、それが妻の日記からアイディアを受けたとは誰にも分からなかったであろう。

この連載の担当編集者になった村松友視は、編集長の考えている「山荘日記」のような内容では面白くないと、国枝史郎の伝奇小説『神州纐纈城《しんしゅうこうけつじょう》』を持参したという。「富士山という美の象徴の裏側は何か、目の見えない人にとって富士山とは何か」というような、つまり深遠で哲学的な命題を追求してほしいと要望したらしい。それは、川上弘美との対談で述べられていることである（『文藝別冊　総特集　武田百合子』所収）。堀辰雄の軽井沢ものとはまったく趣の異なった作風のこの小説が泰淳の心に響いたのかどうかは分からない。この小説は本栖湖を彷彿とさせる土地を舞台にしているので、まさに富士山麓の物語には違いない。表面的には『富士』への影響は見られないが、両作品のパッションの激烈さと登場人物の突拍子もない性格付けなど、泰淳が充分に影響を受けた節もある。

『神州纐纈城』は未完の長編であるが、純文学の作家たちの注目書でもあり、三島由紀夫、安岡章太郎もこの作品を愛好していた。一九九五年にオウム真理教のサティアンと呼ばれるアジトが本栖湖にも近い上九一色村（現在は富士河口湖町に吸収されている）に存在し、警察官が突入して教祖の麻原彰晃を逮捕したときに、私はちょうど水上勉と一緒にいたが、この作家が「神州纐纈城やなあ」と呟いたのを聞いている。恥ずかしながら、私はまだこの小説を読んでいなかったので、すぐに探し求め、夢中になって読了した記憶がある。

絶対的夫婦

〈十月がきて一周忌を迎えました。この一年、日記を書き写して過してきたような気がします。行間からたちのぼる限りない思い出は、それがどんなに楽しかったことであっても、胸に刺さりました。でも、この一年、元気で暮せましたのは、日記を書き写していたからかもしれません。武田が生きて傍にいるように思えましたから。〉（『富士日記』下巻P430）

百合子さんは、『富士日記』が田村俊子賞を受け、急にエッセイストとしての評価が高くなるが、担当の村松にも受賞のことは、あとで伝えたという。賞なんてもらってもさほど嬉しくないのは、授賞式のスナップ写真で分かる。新たなエッセイの連載は増えるが、そのエッセイのどれもが「私は寂しい。夫がいなくて寂しい」と訴えているようだ。『富士日記』で見せた気合はどこを探してもなく、一人でいることのむなしさや、滅びてゆく周囲の人々への鎮魂の歌があるばかりだ。唯一『犬が星見た』は例外だが、この作品は『富士日記』同様、泰淳の生前に初稿が書かれたものだから、例外と考えなければならない。

この作品が読売文学賞を受けた授賞式の夜、百合子さんを送って赤坂の家のなかに入った色川武大は、茶の間に泰淳の遺影が飾られた祭壇に圧倒される。「まるでお通夜が何年もそのまま続いているかのように」と色川は表現している（『犬が星見た』P340「解説」）。夫泰淳の不在がどれほど重いことかが感じられるエピソードだ。

百合子さんにとっては、経済的な不安がなかったことと、娘の花という話し相手が存在することが寂しさを一瞬でも忘れられてよかったのだ。

後年のエッセイを読んでいると、自宅ではテレビを終日観ているか（テレビでも映画を観ることが多い）あちこちの映画館に出かけることで、寂しさを紛らわしている。都内でも銀座や渋谷などの映画館に通っているが、山でも吉田の映画館に頻繁に通っている。三本立ての上映が終わって、深夜一時半に山荘に戻るなどという夜もあったようだ。山荘の灯りを点けたまま、出かけたのだろうか。

百合子さんの不思議な交友も『日日雑記』で垣間《かいま》見られる。雑誌「映画芸術」の編集長だった小川徹については最も紙数を割いている。「Ｏ《オー》さん」というのは小川のことだが、この人への親密感は特別に濃い。

泰淳亡き後の寂しさの表現は、百合子風というか、人によっては過激に映ったようだ。夫妻と親しかった作家中村真一郎は書いている。

〈だから泰淳さんが亡くなって、その悲しみから脱出するための、数年間の百合子さんの荒行ぶりのすさまじさは、いくらユーモアまじりでもとても聞いていられなかった。〉（『富士日記を読む』Ｐ120「「富士日記」によせて」）

中村真一郎は、百合子さんにとって、言いやすい相手だったようだ。『富士日記』にほとんど登場していないくらいなので、本来百合子さんが好きなタイプではなかったのだろう。百合子さんが親友と考えている小川徹などとは、正反対のタイプだったのだ。それにしてもだ、真一郎夫人に対して、「夫の代わりに、真一郎さんが死んでくれればよかった」と言い放ったというのは、さすがにこれはいけないだろう。泰淳なら、「百合子！」と強く叱っていたはずだ。暴走する女房の統御者としても、泰淳が必要だったのだ。

武田夫妻の強い結びつきを思わせるエピソードは、『富士日記』のなかに三カ所あると私は考える。もちろん、『富士日記』全体が表現している最大要素は、夫婦愛なので、この三つに限定して言及することはおかしいと百合子ファンには抗議を受けるかもしれない。たとえば、愛犬ポコの死などは、『富士日記』を説明するのに外せないエピソードであるし、百合子さんの嘆き悲しみぶりが泰淳の胸に突き刺さったことは、他の項で述べたとおりだが、夫婦愛という意味では次の三つに勝るものはあるまい。

一、トンネルのなかに落下したホイールカバーを泰淳が捜しに戻る。

〈ズボンと靴を拭いているうちに、私はズボンにつかまって泣いた。泣いたら、朝ごはんを吐いてしまったので、また、そのげろも拭いた。〉（『富士日記』上巻P303）

一九六六（昭和四十一）年六月八日。神奈川県山北のトンネルのなかで、夫妻のクルマの後輪から、ホイールカバーが外れる。トンネルを出てから、路肩の窪みでクルマを停めて百合子さんが点検している隙に泰淳は古く暗いトンネルのなかに歩いていってしまう。両車線ともトラックが頻繁に行き交っている道路なのだ。トラックの急ブレーキと運転手の罵声が飛ぶ。百合子さんは、泰淳のこの無茶な行動の原因が自分にあると思い、しゃがみこんでしまう。前夜遅くまで客があり、朝起こされても眠たくて、運転中も機嫌がわるかったのだ。そのせいなのだと。それでも泰淳は無事に出てきた。泥水でズボンを真っ黒にさせた、その泰淳の姿に安心と後悔のあまり、百合子さんは泣き崩れてしまったのだ。『富士日記』中でも白眉の感動的な場面である。『富士日記』を映画化すれば、外せないシーンだろう。映画は綺麗好きだから、ゲロは省かれてしまうかもしれない。

二、大岡夫妻まで動員して百合子を捜す。

〈一体、誰がきたのだろうと降りてゆくと、主人、蒼い顔をして佇っている。垂らした両手を握りしめている。花子、そのそばに、ぼーっとして随《つ》いている。外に出ると煌々《こうこう》とライトをつけ放しにしたジープがとまっていて、管理所の人が大型懐中電灯を持って二人いる。主人、体を震わせていて一言も言わない。〉（『富士日記』中巻P201）

一九六七（昭和四十二）年八月二十一日の騒動は、泰淳の妻百合子に対する強い依存心が感じられるエピソードだ。

娘花の友人が富士に遊びにきていたのだが、無事に東京に帰ったかどうかS（すばる）ランドから電話をする。携帯電話などは冗談にもない時代で、武田山荘では家電《いえでん》も引いていないから、管理所か麓のほうに降りるかしなければ、電話が使えなかったのである。山荘を出たのは午後の八時。その日、百合子さんの恩師の浅山先生が、富士に百合子さんを訪ねて到着していた。翌朝訪ねる予定だったが、Sランドにチェックインが済んでいたことが分かった。つまり、もう部屋にいるのである。ちなみに現在の富士すばるランドには、宿泊施設はない。

浅山先生は、百合子さんの女学校時代の恩師ではあるが、担任ではなかったという。では、どうして百合子さんと深い交流があったかというと、何かのきっかけでしばしば行き来するようになったのだろう。まあ、そういう人間関係は不思議ではない。

浅山先生は、その後の百合子さんのエッセイでも何度か登場するが、一番の傑作は『遊覧日記』中の一篇「京都」であろう。文章の呼吸が一切乱れず、無駄な部分がまったくない、お手本のようなエッセイだ。この文の運びのリズム感は漱石の『坊っちゃん』を思い起こさせるほど素晴らしい。大岡昇平は自分の書く文章が遅滞していると感じると『坊っちゃん』を読み直すのだと、それまで三十回は読んでいるとどこかで書いていたはずだ。『坊っちゃん』のリズム感はそれほどに完璧なのだが、百合子さんの「京都」もまた、語りのうまさに惚れ惚れする。締めの部分の花の非難（？）の言葉には何度読んでも笑ってしまう。

横道に逸れたが、すばるランドの夜に戻ろう。百合子さんが家を出たのが午後八時、浅山先生の部屋で話し込んでしまい、フロントから連絡が来たのが十時半。留守番をしていた泰淳と花は、百合子さんが電話一本かけに行ったにしては、帰りが遅すぎると不安になったのだった。

管理所だけではなく、大岡夫妻にも捜索を依頼するという大騒ぎになっていた。携帯電話がある今日では、電話をするにも自宅から出来るし、本人がどこにいようと普通連絡がつく。だがあの時代の夜間の二時間、家を出て行ったきり帰ってこない妻が、どこかで事故でも起こして、林間にひっくりかえっているような不安を覚えても不思議ではない。

翌日の夜、大岡邸での酒宴で、泰淳は〈子供のようにはしゃいで上機嫌でおしゃべりだ。〉。

〈「武田さん、昨夜のお顔とはまるでちがいますね。昨夜、花子ちゃんと玄関に現われたときの顔つきといったら……」。大岡夫人がからかうと、また、その話に戻って、皆大笑いした。〉（『富士日記』中巻P204）

大岡家でのこの楽しい飲み会から、自宅前に戻った泰淳は、道端に長い立小便をする。放尿しながらのセリフが傑作である。「百合子オ、松茸エ、マツタケエ」と。意味は不明であるとしておくが、百合子さんへの愛の噴出であることは間違いがない。

泰淳にとって、百合子さんがどれほど大事な存在であったか。死後この二人が、二人で一つの存在であろうと願ったことは、知恩院の墓石を見れば分かる。京都知恩院は、泰淳が十九歳のころ父親に連れられ得度した浄土宗の総本山であるが、その墓地で泰淳・百合子は一緒のお墓に入っている（分骨である）。墓碑銘には「泰淳百合子 比翼之地」とある。泰淳が生前に書いておいた直筆だということだ。この文字から、泰淳にとっては百合子さん、百合子さんにとっては泰淳以外に添い遂げる相手は絶対にいないのだという強い意志を感じるのである。

お墓を知恩院に設けたという経緯については「晩春のお寺」というエッセイに詳しく書かれていた（『あの頃 単行本未収録エッセイ集』所収）。〈夫の骨を両手に抱えたとき、朝昼晩、読経の声の聞えてくるところに埋めてやりたい、と思った。〉と。つまり、泰淳というより、百合子さんの意思だったのだ。「京都は女が好む街」という理由も百合子さんにはあったのかもしれない。埋葬は泰淳の死後半年の四月の末、大きなおむすび形の墓石の下のカロートに納める骨壺が大きいので、坊さんに問われる。分骨にしては、不自然に大きかったのだ。〈「あたしの入る分もあけてあるので」〉と百合子さんは答える。このときから、十七年後に確かに百合子さんもお骨となって、泰淳の骨に添うことになる。

東山の中腹にあるこの墓地には、瓜生山学園京都芸術大学のかつての同僚田口章子先生の案内

京都東山区にある浄土宗総本山知恩院墓地の一角にデンと据わっている武田夫妻の墓石。百合子さんは生前何度も墓参りに訪れていて、高台にあるこの場所から京都市街を見下ろしていた。

で登った。日本芸能、ことに歌舞伎の専門学者である田口先生は、かつて江戸時代の歌舞伎役者初代坂田藤十郎の墓を探して、このあたりの古い墓地を歩き回ったことがあるというので、勝手知ったる先生の先導で武田夫妻の墓石はすぐに見つかった。なお、坂田藤十郎初代の墓は一般には大阪にあるとされているが、田口先生はそれを疑っているとのこと。田口先生も『富士日記』の大ファンなのである。

京都での墓参のことは、百合子さんの『ことばの食卓』という一冊にも「京都の秋」という一篇に記されている。ここでは、墓の前に立って、京都の街を見下ろしながら、自分がこの墓に入ったあとのこの場所での情景を想像している。娘の花が一人で同じように京の街並みの屋根屋根を見下ろしている姿を思い浮かべるのである。

花が供えた卒塔婆の重なりを見ながら、百合子さんにとっては、見ず知らずの私と田口先生がこの場にいることはもちろん想像の外のことだったろう。いや、私などよりもっと重度な百合子ファンが何人もこの場に立って、手を合わせたに違いない。次に行くときには、缶ビールを忘れず持参して墓石を湿らせようと私は思っている。

三、泰淳の身体を心配する百合子の髪を撫でて、「このままでいさせろよ」と言い聞かす。

〈頭を振りすぎるほど振って、じろりとにらむ。サンドイッチをのみこんでから「山へ行けば治るさ。酒の飲みすぎだ。判ってるんだ。医者なんかにみせたって同じだ。こうやっていたいんだからいさせろよ」〉。

私は真直ぐ向いたまま、ずっと車を走らせた。
主人は手をのばして私の髪の毛を撫でる。
語気を荒くしたことを恥ずかしそうに、お世辞をつかうように「こうやっていさせろよ」と、今度は普通の声で言いながら。〉（『富士日記』下巻P298）

このシーンは、前夜中央公論社の谷崎賞の授賞式で、「口がうまくきけなかった」ことを黙っていて、車中で初めて告げたあとのところである。一九七一（昭和四十六）年十月二十三日。泰淳は医者嫌いである。小説家はおおむね医者嫌いだが、一度、脳の病気を経験している泰淳は、体のあちこちが故障する大岡に比べて、「脳血栓一つにまとめている」などと冗談を言っていたが、実は胃も肝臓もすでに病巣が芽吹いていた可能性がある。

『富士日記』の最終エピソードで語られるのは、泰淳の肝臓が異常に腫れていることだが、実は胃のほうにも癌は進行していて、死因としては胃癌ということになるのだから、脳血栓ばかり心配していてもしょうがなかったのだ。

百合子さんは、病院で全身の健康診断をしてほしかったのだろうが、「このままでいさせろ」と強く言われれば、抗弁の仕様もなかったわけだ。しかも、髪の毛を優しく撫でられて請われれば、黙るしかなかったろう。

髪を優しく撫でるという行為に妻への限りない愛着を感じて、私は、胸が痛む。百合子さんはのちに、「あのとき、夫の怒りをどれだけ受けても、病院へ連れていくのだった」と何度も後悔したことだろう。

　国民作家司馬遼太郎の亡くなった年齢はわずか七十二である。死の一年半ほど前より、腰が痛いというので、温めたりとか、鍼《はり》治療をしたりとか、対症療法的な民間療法を施していた。坐骨神経痛と本人は勝手に決めつけていたらしい。この作家も相当な医者嫌いであった。しかし、腹部の大動脈瘤が膨らんで、神経を圧迫していたゆえの腰痛であったから、ＣＴなどで状態をみれば一発で分かり、手術を受けていれば若死に（いまの時代、この言葉は不自然ではあるまい）することはあり得なかっただろう。病院での検査を強く進言する人物に恵まれなかったための悲劇だった。日本人全体にとっても不幸この上ない出来事だったろう。

　武田夫妻がずっと富士に腰を落ち着ける気持ちだったのか、疑わしく思われる記述が『富士日記』のなかにある。下巻のＰ113から始まる伊豆下田の山中の土地を見に行くところだ。この日、百合子さんは早朝、一人で富士の家から出発するが、謎のセリフが書かれている。

〈「とうちゃんも行く？　一度見に行ってみたら。宝石でいったらエメラルドみたいなところだから」と言っても、いやそうな顔をして首を沢山振る。〉

「首を沢山振る」のは、気が進まないというより、体調が悪いから動きたくないのだろう。夫は門まで登って見送り「早く帰ってこい」と。百合子さんが単独着いたところは、眼下に「気の遠くなるまで拡がった濃紺の海」を見下ろす山地で、境界石を打ってもらってあるというから、購入した土地である。自動車道路がなく、水道もガスも電気も通じていない土地だというが、景色を楽しむだけにこの山地を所有していたとは思えない。海を見下ろすこの土地にも家を建てようとしていたのに違いあるまい。

　富士の家に飽きたとか、嫌になったということではなさそうだ。想像だが、冬場の寒さがきつい富士は、泰淳の健康維持には相応《ふさわ》しくなくなったので夏の間だけにして、寒い時期は東京より暖かい下田で過ごそうと考えたのではないだろうか。案内してきた地元の不動産屋だかの男が、「こんなところに家を建てて住めるものじゃない」と横槍を入れても、我関せず聞き流している。

　伊豆の山々が闇一色になってから大急ぎで帰路につき、富士桜高原の家に着いた百合子さんは、次のように吐露する。「帰って来る家があって嬉しい。その家の中に、話をきいてくれる男がいて嬉しい」と。『富士日記』のなかでも、夫婦でいることの感動が特別に伝わってくる言葉だ。夫泰淳が亡くなってしまってから、「話をきいてくれる男」がいなくなって、百合子さんはどんなに寂しかったことだろう。

　泰淳が亡くなった翌年、毎日新聞の求めで書いた「今年の夏」というエッセイがある（『富士日記を読む』所収）。「体の中の蝶番《ちようつがい》がはずれてしまっている」百合子さんは、道で年長の夫婦連れとすれ違うと、その後ろ姿までしげしげと眺めまわしてしまう。〈ふしぎなめずらしい生きものをみているようなのだ。〉と締めくくられている。

　この感想もまた百合子節と言いたくなる。普通なら「私たちにも、こうした光景が約束されていたはずなのに、と羨ましかった」と述べてもいいところだろう。

『日日雑記』には次のようなところもある。京都の宿でのことである。

〈部屋のテレビで、ベルイマンの映画を延々と深夜まで観た。ベルイマンの映画をみていると、夫婦っていいなあ、と思う。〉（P251）

ベルイマンの映画というのは、『ある結婚の風景』だろうか。私は、この映画を観ていないので、百合子さんの実感が摑めないでいる。

もう一つ。こんな夫婦もあるんだなというエピソードを加えよう。長く寄り添った夫婦だから出来ることで、恋人同士くらいのランクではありえないエピソードである。

〈それからね、入院してからあたしと娘でオチンチンを拭いてあげたの。（中略）それで毎日毎日、おしっこのたびに蒸しタオルで拭いてあげて、どんどん綺麗になったのよ。こう、きゅっと首をちぢかめたようになっちゃって……可愛らしかった。〉（『武田百合子対談集』P72）

『富士日記』にも、山荘のテラスで泰淳のオチンチンを拭いてあげるシーンが描かれている。百合子さんがあまりに熱心なもので、泰淳は「拭き方、ヤメー」と号令して、制止する。亭主のオチンチンをこんなに綺麗にしようなどと情熱を燃やす細君は他に聞いたことがない。

永遠の時間

〈今年はじめての夏らしい快晴。富士山は「い」の字に雪が残って、あとは赤くくっきりと晴れている。うぐいすが啼《な》いている。風が吹き渡る。まだ土や草は雨続きでぐんなりとしとっているが、はじめての夏らしい朝。紋白蝶がゆらゆらと元気なくとんできて熔岩にじっととまっている。黒い大揚羽も何度もやって来る。〉（『富士日記』下巻P28〜29）

一九六九（昭和四十四）年七月三十日快晴の日の日記である。このときは、このときが「今」だったのであるが、同時に「永遠」の気配が色濃く感じられる。

『富士日記』の登場人物中で生き残っているのは、私とほぼ同年齢の武田花とスタンドの姉妹くらいのもので、あとはほとんど亡くなっている。みんな居なくなっているのだ。

『富士日記』には登場しないが、ノブさんの夫人の急死についてもすでに語った。「スタンド」、外川さん、ノブさんたちそれぞれの夫婦全員が鬼籍に入ってしまっているのは、年齢からして当然なのかもしれないが、やはり悲しさを感じないわけにはいかない。

武田泰淳『富士』は、富士山麓の架空の精神病院が舞台である。入院患者のうちの岡村少年は次のように手記に書きつけて、時間という観念と格闘している。

〈今、今、今と云う瞬間の継続が時間である。（中略）従って過去も未来もこの宇宙にはなく、唯、今と云う瞬間があるのみである。〉（『富士』P427〜428）

「今」は「今」でしかないが、過去も未来もないのなら、「今」はすなわち永遠と同じことになるのだというのが岡村少年の思考から導き出される理屈であろう。

『富士日記』のなにが読者を感動させるのかというと、紙の上に書かれた文章に「今」が留められていて、それは決して過去ではなく「今」そこにある時空であるという、そのことが感動を呼ぶのではないだろうか。その「今」に「永遠」が重なって見える。

〈今日一日、陽にあたりつづけた。じいっと陽にあたっていると、体の中から、じゅんじゅんじゆんじゅんと毒素が出ていくみたい。

木の芽がいっせいにふきかかっているからだろう。高原一帯は、ピンクがかった臙脂《えんじ》色をしている。これから、から松の芽吹くころまで、微妙なやわらかい様々の色に山や森が変化してゆくときが私は好き。〉（『富士日記』中巻P404）

一瞬にして永遠。人類も地球の存在も、過ぎれば一瞬、宇宙の塵《ちり》になれば永遠だ。

あとがき

私の好きな映画に『ある日どこかで』（一九八〇）というのがある。スーパーマン役をやったクリストファー・リーヴ主演のラブ・ストーリーである。原題は「Somewhere in Time」なので、正確に訳すとすれば「時の流れのどこかで」ということになる。

流れ去った時代の女優の写真に惹きつけられた若い男が、ある工夫をして、時の流れを遡り、彼女に会いに向かう物語である。男は目的を達し、女優と恋仲になるが、無残にも時の綻びの隙間から現在に連れ戻されてしまう。もう一度再会を果たすには、彼が死を選び、あの世で一緒になるしかなかった、という悲しいが美しい映画である。

私は若年のころより、時間のこと、特に「量」としてのそれではなく、「様相」と呼ばれる「過去・現在・未来」のあり方に興味を懐いていた。だから、時間遡行モノのなかでも、単なるファンタジーではないリアルな物語『ある日どこかで』に感動したのである。

哲学者植村恒一郎の論考『時間の本性』（勁草書房）には、次の一行が端的に時間の様相とはなにかを表現している。〈過去であれ、未来であれ、ある時間系列の数値が時間として意味を持つのは、それが「現在」になったときなのである。〉（P12）。

本書はまさに『富士日記』を「現在」と感じるために書かれたもう一冊の『富士日記』だと自負している。

時の流れを遡り、富士山の下で我々は百合子さんにも会えるし、外川さんたちにも会えるのである。「私が好きな人しか招ばない」と百合子さんは断言しているので、私のことを気に入ってくれるかは心許ないが、昔取った杵柄《きねづか》、文芸編集者の気合いで武田山荘に乗り込んでみたというわけだ。

昨年、初めての小説を刊行した。ミステリーである。なぜミステリーであるかというと、現在、私の主たる読書が古今の海外ミステリーであることによる。『小説作法の殺人』（祥伝社）というタイトルは、私が「小説の書き方」本を二冊出しているところから浮かんだものだが、創作上の様々な要素をちりばめて、オーソドックスな小説の、本当の面白さを追求しようとした作品である。さほど話題にならなかったのは残念だが、スタンダールを気取って「二〇二五年の読者に期待する」とでも言っておこう。

私の文筆歴は、河出書房新社のムック『文藝別冊　総特集　遠藤周作』に発表したエッセイから始まる。このエッセイを採用してくれたのが、同社の太田美穂さんで、二〇〇六年に刊行した、私の初めての単行本『ぬけられますか——私漫画家 滝田ゆう』につながった。

今回、何冊目になるのか、再度河出書房新社の太田さんにお世話になって、本書を刊行出来ることになった。太田さんに始まり、太田さんで終わった——いや、まだ終わるわけにはいかないのである。作家は生涯回遊するマグロのように書き続ける生き物だからである。

　最後に取材に協力してくださった梶原たつ江さん、大森トシエさん、外川兼男さん、故小林福美さん、小林和仁さん、武田花さん、横沢利昌・ミチ子夫妻に最大の感謝を捧げます。富士河口湖町役場、鳴沢村役場、富士桜高原別荘地管理事務所、富士観光開発（株）の皆さんにもお世話になりました。ありがとうございます。

二〇二三年五月吉日

校條　剛

＊参考資料として主立った書籍、ネット情報などは、すべて文中に記載した。

＊本書は書き下ろし作品です

校條剛（めんじょう　つよし）
一九五〇年、東京都荻窪生まれ。早稲田大学文学部卒業。一九七三年、新潮社に入社。「小説新潮」元編集長。二〇一四年から一九年まで京都造形芸術大学文芸表現学科教授。二〇一九年より京都文学賞選考委員。二〇〇七年、『ぬけられますか――私漫画家 滝田ゆう』（河出書房新社）で大衆文学研究賞を受賞。『ザ・流行作家』（講談社／日本推理作家協会賞最終候補作）、『作家という病』（講談社現代新書）、『にわか〈京都人〉宣言』（イースト新書）などの著作に加え、二〇二二年、初のミステリー小説『小説作法の殺人』（祥伝社／免条剛名義）を上梓。

富士日記の人びと　武田百合子を探して

二〇二三年五月二〇日　初版印刷
二〇二三年五月三〇日　初版発行

著　者　校條剛
装　幀　鈴木成一デザイン室
装　画　菊寿堂いせ辰（江戸千代紙　遠山桜）
発行者　小野寺優
発行所　株式会社河出書房新社
〒一五一-〇〇五一
東京都渋谷区千駄ヶ谷二-三二-二
電話　〇三-三四〇四-一二〇一（営業）
　　　〇三-三四〇四-八六一一（編集）
https://www.kawade.co.jp/

組　版　KAWADE DTP WORKS
印　刷　モリモト印刷株式会社
製　本　小泉製本株式会社

Printed in Japan　ISBN978-4-309-03104-0

河出書房新社の本